우리들의 작은 신

우리들의 작은 신

초판 1쇄 발행 | 2010년 3월 30일
　　　7쇄 발행 | 2013년 4월 15일
지은이 | 하은경
만든이 | 최문정 이창섭 여은영 김민영 박미란 남경미
펴낸이 | 최윤정
펴낸곳 | 바람의 아이들
등록 | 2003년 7월 11일(제312-2003-38호)
주소 | 121-841 서울시 마포구 서교동 448-29
전화 | (02)3142-0495　　팩스 | (02)3142-0494
이메일 | windchild04@hanmail.net

ⓒ 2010, 하은경
ISBN 978-89-90878-93-9 43810
　　　978-89-90878-04-5 (세트)

우리들의 작은 신

하은경 지음

바람의아이들

차례

1부

봄밤의 궁궐 ……… 8
느티나무 ……… 19
안성장터 ……… 32
머슴의 아들 ……… 45
물 위에 피는 꽃 ……… 58
귀신들 ……… 74
이루지 못할 사랑 ……… 90
능욕당하는 건 껍데기일 뿐 ……… 103

2부

장터에 모인 사람들 ……… 118
어떻게 얻은 세상인데! ……… 132
다시 일어난 봉기 ……… 150
안핵사 ……… 162
천년의 사랑 ……… 172
은초롱 ……… 186
서운산 전투 ……… 196
빛은 사라지고 ……… 204
진혼굿 ……… 213
물의 아이, 연화 ……… 220

작가의 말 ……… 229

1부

봄밤의 궁궐

 봄밤, 궁궐 안은 대낮처럼 밝다.
 상궁을 따라 중궁전으로 걸어가던 연화는 잠시 멈춰 섰다. 아연한 얼굴로 꽃들의 향연을, 높게 둘러쳐진 담장을, 맞닿을 듯 이어져 있는 처마를 두루두루 살폈다. 심장이 세차게 두방망이질 쳤다. 안성 땅을 한 번도 벗어난 적이 없는 연화에게는 실로 놀랄 만한 밤의 풍경이었다.
 다섯 해 전 전등불을 처음 본 궁인들도 지금의 연화처럼 아연실색했다. 조선 궁궐에 전등이 켜지는 순간, 궁 안에서는 한바탕 소동이 일어났다. 궁인들은 놀라 나무 뒤로 몸을 숨기고 땅바닥에 납작 엎드렸다. 그들의 눈에 전등불은 허공을 떠다니는 도깨비불과 마찬가지였다. 그러나 얼마 지나지 않아 왕과 왕비는 밤을 밝히는 불빛 아래서 밤새도록 잔치판을 벌였다. 왕은 정치를 나 몰라라 한 채 광대패들이 까불어 대는 연희에 빠져 난국의 시름을 달래었다. 밤낮 없이 이어지는 향락의 잔치는 남도 끝자락까지 전해졌다. 백성들의 원성도 그만큼 먼 곳까지 고을고을 울려 퍼지고 있었다.

앞서 걸어가던 상궁이 큼, 나지막하게 헛기침을 한다. 연화는 상궁의 엄한 눈길에 고개를 숙인 채 그녀의 뒤를 따라 걸어갔다. 비로소 제 처지를 깨달았다. 8대 천민의 신분으로 도성 안에서 살 수 없는 무당. 그러나 안성 땅에서 연꽃무당 연화를 모르는 사람은 없었다. 그 소문은 한성 궁궐까지 퍼져, 보름 전 연화는 입궐하라는 명을 받았다. 왕비는 무당을 곁에 두기를 좋아하는 사람이었다. 심지어 어느 무당에게는 작호를 내리고 아예 궁궐에 머물게 한 적도 있었다. 그만큼 살아가는 일에 고통이 많다는 뜻이었다.

연화는 긴장으로 몸과 마음이 얼음처럼 굳어졌다. 왕비는 영기가 센 사람일 게 분명했다. 그렇지 않다면 이렇게 가닥이 잡히지 않을 이유가 없었다. 어젯밤 꿈에 수염이 하얀 조상신이 나와 선몽을 해 주었다. 모른다 하여라. 발설하기 어려운 질문을 내리면 그저 모른다, 답하라고 했다. 무당의 목숨은 하루살이 벌레와도 같은 것이었다. 잘못 공수를 내렸다가는 그날로 죽음을 면치 못하는 처지가 될 수도 있었다. 하물며 높디높은 국모를 만나는 자리니, 연화는 숨이 막힐 지경이었다.

"좀 더 서두르게!"

상궁이 뒤돌아서서 나직한 목소리로 꾸짖듯 말했다. 연화는 상궁을 힐긋 보다 이내 발걸음을 재촉했다. 중궁전이 가까워지고 있었다. 왕비가 기거하는 중궁전은 궁궐 가장 깊숙한 곳에 있었다. 두 여인의 발자국 소리만 들릴 뿐 궁궐 안에는 깊은 침묵이 흘렀다. 연화는 손바닥에 배인 땀을 번번이 치마 허리춤에 문질러 닦아 냈다. 삼경이 시작될 무렵이었다.

"어서 오너라."

연화가 큰절을 올리자 왕비가 무겁게 입을 열었다. 왕비는 푸른빛이 감도는 당의를 입고 있었다. 저고리의 푸른 빛깔 때문일까. 첫눈에도 왕비의 얼굴에 드리워진 근심이 드러나 보였다. 그 음울한 기운에 눌려 왕비의 얼굴은 어딘지 일그러져 보이기까지 했다.

"어린 무녀라는 소식은 들었으나 내 이리 어릴 줄은 몰랐구나. 몇 살이나 먹었느냐?"

왕비가 연화의 얼굴을 꼼꼼히 살피며 물었다. 연화는 고개를 조아리며 말했다.

"열여섯 살이옵니다."

"열여섯이라……. 하여 네 얼굴이 그리 꽃봉오리처럼 어여쁘구나."

 실없는 말을 한 것 같아 왕비는 짐짓 입술을 꼭 다물었다. 보료 위에 올려놓은 오른쪽 주먹을 습관처럼 꼭 쥔 채였다.

 "네가 신통하다는 소문을 듣고 하루빨리 보고자 너를 불렀느니라."

 "황공하옵니다. 소녀, 그저 한갓 점쟁이에 불과하옵니다. 점을 쳐서 근근이 먹고 사는 처지이옵니다."

 "그래, 내 적어 보낸 생년월시를 보니 어떠하더냐? 내 곧 죽을 것 같더냐? 아니, 우리 동궁이 저리 간들간들하니 머지않아 죽을 것 같더냐?"

 연화를 보자 왕비는 마음이 급했다. 낯빛에 불안과 초조가 역력히 묻어났다. 연화는 고개를 더욱 떨구었다. 가슴이 떨려 왔다. 생년월시에도 흐릿하기만 하던 왕비의 운명이 얼굴을 보니 환하게 보였다. 모른다 하여라. 다시금 간밤의 꿈이 생각났다. 하지만 어찌 모른다 할 수 있을지, 난감하기 짝이 없는 노릇이었다.

 "소녀, 황송하옵게도 동궁 마마의 영은 좀 보이나 중전 마마의 영은 좀체 보이지 않사옵니다."

 그렇게 말할 수밖에 없었다. 왕비가 몇 해 뒤 죽을 운명이라는 걸 어떻게 말할 수 있겠는가. 그것도 더러운 손에 의해 무참히 살해되리라는 것을. 그 사람의 명이 다하는 시기를 발설하지 않는 건 무당으로서 지켜야 할 원칙이었다. 그렇지만 왕비는 이미 당신의 운명을 예감하고 있는지도 몰랐다. 아무리 의연한 척하여도 얼굴에 휩싸인 초조와 불안이 그걸 증명해 주고 있었다. 때문에 왕비는 각 고을에서 이름이 오르내리는 무당들을 속속들이 불러들이고 있는 참이었다. 어떻게 해서든지 그 운명을 피해 보려고 발악에 가까운 애를 쓰고 있었다.

"뭐라? 안성 땅에서 제일로 가는 무녀라 하여 이리 불렀거늘 모른다고 하느냐?"

성질 급한 왕비의 말에 연화는 고개를 조아리며 몸을 움츠렸다. 이대로 물러설 왕비가 아니었다. 어떻게 해서든지 연화의 말문을 열게 할 사람이었다. 연화는 떨리는 목소리로 말했다.

"허면 옥안을 자세히 볼 수 있게 하여 주시옵소서."

연화의 마음도 왕비와 같았다. 할 수만 있다면 왕비의 비극적인 운명을 바꿔 놓고 싶었다. 관상에 의지해서라도 실오라기 같은 희망을 찾고 싶었던 것이다.

"아무렴, 예까지 불러들인 마당에 내 얼굴 한번 못 보여 주겠느냐. 자, 가까이 다가오너라."

연화는 두 명의 상궁이 지시하는 대로 왕비 가까이 다가가 앉았다. 왕비는 빼어난 미인이었을 터였다. 백옥 같은 살결에 눈, 코, 입이 반듯하고 고왔다. 하지만 의지할 데 없는 여인으로서의 고독과 시아버지와 벌이는 권력 다툼으로 인해 고운 태가 다 가시고 말았다. 지금은 어느 누구도 왕비를 아름다운 여인이라고 말하지 않았다. 시아버지를 향한 살인적인 적의는 왕비의 얼굴을 뒤틀리고 포악스런 중년 여인으로 만들어 버렸다.

"중전 마마, 황송하옵니다. 아무리 보아도 마마의 영이 보이지 않사옵니다."

연화는 납작 엎드린 채 읊조렸다. 아무리 살펴보아도 덕이 없는 여인이었다. 타고난 덕이 없으면 이생에서라도 덕을 쌓았어야 했는데, 안타깝게도 왕비는 그리하지 못했다. 연화는 가슴이 세차게 뛰었다. 어쩌면 성정이 불 같은 왕비가 곧 쳐 죽이라는 명을 내릴지도 몰랐다. 왕비의 얼굴이 사납게 일그러졌다. 보료 위에 올려놓은 주먹을 부르르 떨었다. 하지만 그뿐이었다. 왕비는 가까스로 화를 참고 또다시 물었다.

"허면 우리 동궁은 어찌 될 것 같더냐? 오래 살기는 하겠느냐? 왕이 되겠느냐?"

한풀 꺾인 목소리에 비로소 연화는 긴 숨을 내쉬었다. 문 옆에 서 있던 두 상궁도 졸였던 가슴을 쓸어내렸다.

"병약하기는 하오나 오래 사실 운명이옵니다. 또한 왕의 자리에 오르실 터이니 걱정 마시옵소서. 하오나……"

"하오나?"

왕비는 두 눈을 동그랗게 뜨며 반문했다. 시아버지에 대한 적의만큼 동궁에 대한 애정이 끓어넘치는 왕비였다. 왕비는 동궁을 위한 일이라면 살을 베어 주어도 아프지 않을 사람이었다. 때가 되면 금강산 만이천 봉우리마다 제를 올리고, 온갖 좋다는 약을 다구해 먹였다. 국고가 바닥이 나는 줄도 모르고 번번이 무당을 불러 푸닥거리를 하게 했다. 하지만 세자가 늘 시들시들하니 어미로서 왕비는 하루도 근심이 떠날 날이 없었다. 더구나 지엄해야 할 수라간에 독이 들어 세자가 크게 앓고 난 뒤에는 신경이 팽팽하게 조여들었다.

"동궁 마마께서 사 년 뒤 무오년에 변고를 치를 듯하옵니다. 외인들을 항상 경계하라 이르시옵소서. 그들이 동궁 마마를 해할까 몹시 두렵사옵니다."

"무어라? 외인들이 우리 동궁을 해하려 한다고?"

그렇지 않아도 외세가 판을 치는 세상이었다. 왕비는 기함을 할 듯 얼굴이 창백해졌다. 부릅뜬 두 눈에는 핏발이 서 있었다.

"허면 무슨 방도가 없겠느냐?"

연화는 왕비를 지그시 바라볼 뿐 대답을 미뤘다. 왕세자는 살기는 살되 반편이가 될 팔자였다. 그렇다고 타고난 왕세자의 운명을 피할 도리도 없었다. 구중궁궐 속의 왕세자가 아닌 빈궁한 집 아들로 태어났다면 또 모를 일이었다. 그랬다면 적어도 몸을 온전하게 지킬 수는 있었을 터였다. 연화는 이 비극을 어떻게 말해 주어야 할지 심사숙고했다.

"굿을 하면 살을 피할 수 있겠느냐? 아니면 동궁전 여기저기에 부적을 붙여 놓을까? 그도 아니면 온 산을 찾아가 제를 지낼까?"

왕비의 눈이 불안하게 흔들렸다. 애가 타서 입술이 바짝바짝 타 들어갔다. 왕과 왕비를 겨냥한 두 개의 큰 난을 겪고 난 뒤 왕비는 가슴에 독을 품고 지냈다. 그리고 왕비의 침전에서 화약이 발견되고 친정 오라버니 일가가 우편 속에 든 폭탄을 맞고 몰살된 뒤, 왕비는 그 독을 뿜어냈다. 왕을 조종하는 불여우. 시아버지와 암투를 벌이는 천하의 망종. 쉬쉬하며 사람들은 왕비를 그렇게 불렀다. 때문에 왕비의 삶은 안팎으로 신산스럽기 짝이 없었다. 믿고 의지할 사람은 당신이 낳은 아들, 오로지 세자 한 명뿐이었다.

"중전 마마, 그리 마옵시고 마음을 깨끗이 다스리옵소서."

연화는 납짝 엎드린 채 두 눈을 꼭 감았다. 무당 주제에 굿도 부적도 제의도 소용없다 하고 마음을 다스리라니. 목숨을 내놓지 않고서야 그런 말을 할 수가 없었다. 왕비가 눈을 가늘게 뜨고 연화를 노려보았다. 하지만 연화는 한번 꺼낸 말을 거둬들이지 않았다. 내 죽기 아니면 살기겠지. 극도의 긴장이 지나가자 오히려 마음이 편안해졌다.

"마음을 다스리라니…… 그 무슨 소리인고?"

왕비의 목소리가 분노로 바르르 떨렸다. 연화는 치마폭 속에 감춘 두 손을 꼭 맞잡은 채 말했다.

"운명을 바꾸는 일이 한갓 굿이나 부적으로 가능하다면, 세상에 불행한 사람이란 한 명도 없을 것이옵니다. 살기 어려운 이들이 저희 같은 무녀를 찾아와 운명을 바꿔 달라고 애원한답니다. 하지만 사실, 저희들은 그리하지 못하옵니다. 다만 신과 소통할 수 있는 처지라 신께 부탁을 드려 볼 수는 있사옵니다. 허나 그렇다고 해서 운명이 쉬 바뀌는 법도 없사옵니다. 하여 꼭 받아들여야 할 운명이라면, 마음을 다스려 담담해지길 간청하옵니다. 마마, 그리 어려운 일이 아니옵니다. 또한 멀리 산을 찾아가 기도를 올릴 일도 아니옵지요. 그저 새벽녘 깨끗한 정화수를 떠 놓고 기원하시옵소서. 모든 욕심과 집착을 버리시면 중전 마마의 마음에 평화가 찾아올 줄로 아옵니다. 또한 지성이면 감천이라고, 마음을 다해 기원하시면 못 이룰 것도 없사옵니다. 모든 것이 마음에 달려 있사옵니다. 유념해 주시옵소서, 마마."

왕비는 주먹을 더욱 꽉 쥐었다. 연화는 이제 곧 죽으리라 제 운명을 감지했다. 이렇게 입바른 소리를 하는 무당은 단 한 명도 없었다. 왕비의 환심을 사기 위해 굿을 하고 부적을 덕지덕지 붙이면서 왕실은 안녕할 것이라고 아첨을 떨었다. 그렇지만 결과는 늘 빗나갔다. 왕비는 언제나 불안하고 초조했으며, 시국은 더욱더 난

세로 몰아치고 있는 상태였다. 왕비는 노여움이 가득한 눈으로 연화를 뚫어지게 바라보았다.

"네 정녕 살을 피할 방도를 모른다 이 말이지?"

"황송하옵니다, 마마. 영기가 부족한 탓이옵니다. 소녀, 죽여 주시옵소서."

연화는 고양이 앞에 놓인 생쥐마냥 옴짝달싹하지 못했다. 이제 곧 죽으리라, 그야말로 제 자신은 타고난 명을 다 채우지 못하고 급사할 것만 같았다.

"으음…… 내 너의 말을 들으니 가슴이 미어지는 것 같구나. 허나 잘 알아들었으니 그만 물러가도록 하여라."

불호령이 떨어질 줄만 알았는데, 왕비는 뜻밖의 말을 꺼냈다. 분노가 가신 얼굴에 서서히 슬픔과 체념이 스며들었다. 연화한테서 눈을 거두고 상궁을 향해 외쳤다.

"김 상궁, 이 사람이 먼 길 오느라 고생했을 터이다. 내려가는 길 편히 갈 수 있도록 돌봐 주어라."

연화는 큰절을 올리고 난 뒤 자리에서 물러섰다. 물러서는 가운데 마지막으로 왕비의 얼굴을 보았다. 눈이 마주치자 왕비가 허망한 모습으로 고개를 두어 번 끄덕였다. 핏발이 가신 눈자위에 어쩐지 물기가 배인 듯했다. 가슴이 멍하도록 답답하신 것이겠지. 국모의 자리가 저토록 위태롭다니. 천민의 아낙일지라도 마음에 저리 큰 지옥을 지니고 살지는 않을 터였다. 입궐한 지 두 시간 만에 궁을 걸어 나오는 연화의 마음은 한없이 무겁기만 했다.

느티나무

 마을로 들어가는 입구에는 커다란 느티나무가 서 있었다. 줄기가 굵은 느티나무는 삼백 년 동안이나 마을을 지켜 준 당산나무였다. 마을의 무사태평을 기원하는 당굿을 할 때면, 연화는 반드시 이곳에서 제를 올린 뒤 굿거리를 끝냈다.
 연화는 두 손 모아 절을 하고 나서 나무를 올려다보았다. 흐린 하늘을 등진 나뭇잎들이 앳된 초록 빛깔을 띠고 있었다. 한성에 갈 적만 해도 연둣빛 잎사귀가 싱그러웠는데, 어느덧 초록이었다. 가지가지 매달아 놓은 오색 천들이 바람에 나부꼈다.
 "예서 좀 쉬었다 가자."
 연화는 나무에 그대로 눈을 둔 채 마루에게 말했다. 듣질 못했는가. 조금 떨어진 곳에 서 있는 마루는 대답이 없다. 연화는 고개를 돌려 묵묵히 서 있는 마루를 바라보았다. 차림새가 영락없는 거지꼴이다. 짚신을 열 켤레나 둘러메고 떠났지만 먼 길 다녀오느라 신고 있는 마지막 신발까지 다 해진 채였다. 그래도 조금도 지친 구석이 없어 보였다. 한성을 다녀오느라 몹시 피곤했을 터인데, 한 번도 먼저 쉬자는 말을 하지도 않았다. 코흘리개 남자아이가 어느새 저리 의젓하게 자랐을까. 연화는 제가 자란 줄은 모르고 동갑내기 마루만 신기한 듯 살폈다. 마루는 놀랄 정도로 다부진 몸을 하고 있었다. 턱밑이 거무스름해지고 목소리도 걸걸해진 게 이젠 어엿한 청년이었다. 하지만 얼굴에 드리워진 수심은 세월이 흘러도 좀처럼 사라지지 않았다. 부모가 맞아 죽은 꼴을 보았으니 죽을 때까지 가슴에 큰 아픔을 지고 가야 할지도 몰랐다.

'함께 살게 된 게 벌써 여덟 해째구나.'

연화는 고개만 떨구고 있던 어린 마루의 모습이 떠올랐다. 마루는 온종일 툇마루 끝에 걸터앉아 먼 산 바라기만 했다. 그러다 연화나 어머니가 다가가 말을 걸면, 눈시울을 붉히면서 고개를 떨구었다. 처참한 모습으로 죽은 부모의 모습이 어린 가슴에 대못을 박은 탓이었다.

오갈 데 없는 고아가 된 마루를 연화 집으로 데려온 건 어머니였다. 이웃해 살면서 어머니는 유별나게 마루 어머니와 친하게 지냈다. 까탈스런 어머니의 성정을 받아 주는 이는 사실 이 마을에서 마루 어머니뿐이기도 했다.

 어릴 적 연화와 마루도 어머니들처럼 가깝게 지냈다. 연화 역시 제 어미를 닮아 까탈스럽기 짝이 없는 아이였다. 하지만 소탈한 마루의 눈에는 그저 귀엽고 어여쁘기만 했다. 또한 시도 때도 없이 앓아 눕는 연화를 제 가슴이 닳도록 안쓰러워했다.

 그런 두 아이 사이가 데면데면해진 건 연화가 내림굿을 받고 난 뒤였다. 세 해 전 내림굿을 하고 나서 머리에 쪽을 진 연화를 마루는 아씨라 불렀다. 여전히 연화 곁에 머물렀지만 존대를 쓰며 상전 모시듯 극진히 대했다. 그러지 말어. 그게 싫어 연화는 몇 번이나 나무랐다. 하지만 화를 내어도 소용없었다. 내림굿을 받은 무당이 어떤 존재라는 걸 마루가 너무나 잘 알고 있어서였다. 이제 더 이상 함께 뛰어놀 수도, 물장구를 칠 수도 없는 사람이었다. 더 많이 자라면 각시를 삼으려 했지만, 그럴 수 없는 사람이었다.

 "어, 이것 좀 보세요!"

 벙어리라도 된 듯 잠자코 서 있던 마루가 별안간 소리를 질렀다. 생각에 빠져 있던 연화도 화들짝 놀라 마루 곁으로 다가갔다.

 "세상에! 어떻게 이런 일이!"

 연화는 제 가슴을 틀어잡았다. 심장이 철렁 내려앉고 눈앞이 뿌예졌다. 장수 두어 명이 엉겨붙은 것만큼 굵은 나무 줄기 한 쪽이 깊게 패여 있었다. 썩어 들어간 줄기는 흡사 동굴 속처럼 어둡고 축축했다. 제를 지낼 적에도 보지 못한 일이었다. 연화는 황망해서 두 눈을 꼭 감았다.

날이 점점 흐려지고 있었다. 물기를 머금은 바람이 나무 잎사귀들과 오색 천들을 세차게 흔들어 댔다.

"내가 눈을 뜨고도 보질 못했구나. 이런 낭패가 있을까……."

연화는 시름시름 앓고 있는 나무의 영을 조심스레 살펴보았다. 나무가 뿜어내는 영기는 죽을 병에 걸린 노파처럼 시들시들했다. 아무래도 오늘 밤을 넘기지 못할 것만 같았다. 이리 오래 묵은 나무가 쓰러지면 마을에 커다란 액운이 들 터였다. 액운의 징조를 본 듯 연화는 처절한 몸짓으로 나무에게 매달렸다.

"잘못했습니다. 미천한 것이 우리 수호신 몸 상하는 것도 모르고 망동을 떨었습니다. 비나이다 비나이다……."

연화는 고개를 조아리며 쉴 새 없이 두 손을 맞비볐다. 거세어진 바람에 치맛자락이 이리저리 흩날리는 줄도 모르고 하염없이 염불을 외웠다. 그런 연화를 마루가 망연히 바라보았다. 연화는 살아 있는 모든 것에 서려 있는 영기를 불러내는 사람이었다. 아니, 죽은 자도 불러내어 굿을 하는 무당이었다.

염불을 외는 연화의 목소리가 점점 더 격렬해졌다. 조금 있으면 제자리에서 쿵쿵 뛰면서 춤이라도 출 듯 온몸을 부르르 떨었다.

매번 보는 모습이지만 마루는 그때마다 마음이 불편했다. 신들린 연화의 모습을 보고 싶지 않았다. 몇 해가 지났지만 이런 연화의 모습에 익숙해지지 않았던 것이다. 마루에게 연화는 여전히 어여쁘고 귀여운 꽃달래일 뿐이었다.

"아씨, 이러다 몸 상하겠어요."

마루는 아무래도 안되겠다 싶어 연화를 말렸다. 연화가 지친 듯 천천히 마루를 돌아보았다. 금방이라도 쓰러질 것처럼 맥이 하나도 없는 모습이었다.

"등에 업히세요. 이제 곧 집에 도착할 거예요."

마루가 넙데데한 등을 내보이며 말했다.

"괜찮아. 너도 죽을 만큼 피곤할 텐데, 어서 가자."

연화는 마지막으로 나무를 향해 절을 했다. 그리고 축 늘어진 몸을 하고는 앞서 걸어갔다. 먹구름이 빠르게 모여들었다. 이내 툭툭 빗방울이 떨어지기 시작했다. 안되겠다 싶어 마루는 연화의 손을 잡아채어 걸음을 재촉했다.

저만치 떨어진 곳에 대나무 숲이 보였다. 멀리서도 대나뭇잎들이 바스락대는 소리가 들렸다. 날이 갑작스레 어두워진 탓일까. 나뭇잎들이 바스락대는 소리가 흡사 귀신의 울음소리처럼 괴이쩍게 들려왔다.

이윽고 대나무 숲을 돌아 마을로 들어갈 때였다. 조금 떨어진 곳에서 세현 도령이 걸어오는 모습이 보였다. 하얀 얼굴에 키가 큰 세현 도령은 박 참판 댁 외아들이었다. 성품이 생김새만큼이나 섬세하고 고와서 이 고을 처자들이라면 누구나 한 번쯤 그를 연모했다. 연화를 보자, 세현 도령의 눈이 둥그레졌다. 연화는 멈춰 선 채 고개 숙여 공손히 인사를 건넸다.

"네 소문이 자자하더니 이제 막 한성을 다녀온 게로구나."

세현 도령은 그냥 지나치지 않고 말을 걸었다. 연화의 얼굴이 달맞이꽃처럼 화사해졌다.

"예, 한성 궁궐에서 중전 마마를 뵙고 오는 길이옵니다."

"그래, 그곳은 조용하더냐?"

연화는 고개를 끄덕이고 나서 세현 도령의 얼굴을 힐긋 올려다보았다. 해같이 환한 모습이었다. 달같이 맑은 모습이었다. 여전히 마음을 사로잡는 세현 도령 앞에서 연화는 어찌할 줄 몰랐다. 고개를 떨군 채 해진 꽃신 앞코만 내려다보았다.

"많이 야위었구나……."

세현 도령은 연화를 찬찬히 살폈다. 어릴 적부터 보아 온 연화를 세현 도령 역시 마음속 깊이 연모하고 있었다. 하지만 연화는 무당이었다. 사대부 집안에서 접해서는 안 될 금기의 존재였다. 무당만 아니었다면, 차라리 계집종이었다면, 할 때가 한두 번이 아니었다. 하지만 연화는 천하디천한 무당 신분이었고, 세현 도령은 지체가 하늘만큼 높은 명문가 사대부 집안의 장손이었다.

"네가 궁궐을 드나드는 무녀가 될 줄 내 짐작도 못했어."

무심코 던진 세현 도령의 말에 연화는 가슴이 아려 왔다. 무당이 아니었다면, 그랬더라면 세현 도령과 인연이 맺어졌을까. 첩이라도 되어 그의 곁에 머물 수 있었을까. 물밀 듯 들이치는 생각에 연화는 아랫입술을 꼭 깨물었다.

세현 도령과의 인연은 연화의 할머니 천순 무당 때부터 이어져 왔다. 손을 먼저 내민 건 세현 도령 집안에서였다. 제 아무리 지체 높은 집안이지만 딸자식이 몇 날 며칠 앓아누워 있으니 무당에게라도 매달리지 않을 수 없었던 것이다.

세현 도령의 누이 보화 아씨는 그해 수백 명을 죽음으로 몰아넣은 돌림병에 걸렸다. 의원이 밤낮 없이 드나들고, 약이란 약은 다 지어 먹였으나 아무런 차도를 보이지 않았다. 차도는커녕 병세가 더욱 악화되어 금방이라도 숨을 거둘 판이었다. 그래서 박 참판 댁 안방마님은 몸소 천순 무당을 찾아왔다. 원하는 것을 다 들어줄 터이니 딸아이만 살려 달려고 애원했다. 천순 무당이 고개를 흔들자, 안방마님은 울며불며 더욱 매달렸다. 천순 무당은 마지못해 박 참판 댁 뒷문으로 들어가 살풀이를 했다. 그리고 집으로 돌아오자마자 혼절해 버리고 말았다. 보화 아씨를 살리고자 분에 넘치게 기를 쏟아 낸 탓이었다.

살풀이를 하고 난 그 이튿날, 보화 아씨는 조금씩 차도를 보였다. 삼 일째 되는 날에는 자리에서 일어나 미음을 먹었다. 하루하루 별 탈 없이 잘 자라 주었다. 그리고 몇 해가 지나서는 한성 동부승지 댁 며느리로 들어가 잘 살고 있었다.

세현 도령의 어머니는 제 딸을 살려 낸 천순 무당 집을 극진히 보살폈다. 보름이 멀다 하고 쌀과 생선을 보내 주고, 이따금씩 집안일을 의논하러 찾아오기도 했다.

그러던 중에 세현 도령은 두어 살쯤 어린 연화를 보게 되었다. 연화는 도무지 무당 집 아이 같아 보이지 않았다. 곱고 쾌활하고 영리했다. 무당이 되었다 해도 맑디맑은 모습에는 변함이 없었다. 연화에게 마음을 빼앗긴 세현 도령은 철없이 그 마음을 제 어머니한테 고백하고 말았다. 아니, 실토를 하기도 전에 이미 온 고을에 소문이 나 버렸다. 안방마님이 천순 무당 집에 발길을 끊은 건 모두 그런 이유에서였다. 천순 무당이 임종을 앞두고 누워 있을 때, 귀한 전복을 머슴을 통해 보내 줄 뿐이었다.

"정혼을 하셨다 들었습니다."

연화의 목소리 끝이 잘게 떨렸다. 그 소식을 듣고 얼마나 마음이 아팠던지, 몇 날 며칠 밤잠을 이루지 못했다. 먹지도 못하고 누워 있는 연화 때문에 어머니도 애간장이 타 들어갔다. 지금 이 순간에도 연화의 눈에는 핑그르르 눈물이 솟구쳤다.

"아버님의 뜻을 거역할 수가 없을 듯하구나."

이제 그만 깨끗이 잊으라는 뜻인가. 세현 도령은 묻지도 않은 이야기를 꺼냈다. 그런 세현 도령의 마음도 편할 리 없었다.

"허면, 소녀 이만 물러가겠사옵니다."

당치도 않게 눈물을 보일까 연화는 서둘러 말했다.

"잠시만, 잠시만이라도 얼굴을 좀 더 보자꾸나."

세현 도령이 돌아서는 연화를 다급하게 붙잡았다. 두 사람은 서로를 뚫어지게 바라보았다. 어쩌면 이게 마지막일지도 모른다. 세현 도령을 마주할 때면, 연화는 언제나 그런 생각이 들었다. 그만큼 아쉽고 그리운 사람이었다.

집으로 돌아가는 길, 마루가 잔뜩 뿔이 나서 툴툴거렸다.

"길에서 그리 빤히 보고 있으니 소문이 날 수밖에 없지요."

세현 도령과 연화를 두고 하는 소리였다. 소문은 발빠르게 온 고을을 헤집고 다녔다. 그렇지만 어찌하겠는가. 젊은 남녀가 못 잊도록 좋아 눈길을 피할 수가 없다는데. 그런데도 참판 댁에서 가만히 있는 건 천순 무당이 베푼 은공 덕분이었다. 뿐만 아니라 박 참판과 안방마님은 이 고을에서 덕망이 높은 사람들이었다. 방해는 할지언정 그만한 일로 남을 해칠 사람들은 아니었다. 그런 위인들이라 노비건 머슴이건 단 한 번도 불평을 하는 걸 본 적이 없었다.

옹기종기 모여 있는 초가집들을 지나 두 사람은 낮은 산을 향해 부지런히 걸어갔다. 한참을 걷자 산모롱이 아래 작은 집이 보였다. 겉으로는 여느 살림집과 다를 게 없었다. 스칠 듯 향내가 날 뿐 그저 작은 초가집이었다. 다른 게 있다면, 넓은 마당 한쪽으로 어머니가 심어 놓은 봄꽃들이 만발해 있다는 것뿐이었다.

"언니 언니, 한성은 어땠어요?"

사립문을 열자 은초롱이 기다렸다는 듯이 달려 나왔다. 두 눈을 반짝이며 달려드는 은초롱이 귀여워 연화는 저절로 웃음이 나왔다. 그사이 은초롱은 키가 한 뼘이나 자란 것마냥 깡총했다. 하루가 다르게 무럭무럭 자라는 아이였다. 연화가 대답하기도 전에 이머니가 먼저 은초롱을 나무라고 나섰다.

"먼 길 다녀오느라 곤하기가 이루 말할 수 없을 터인데, 방정 떨지 말고 얼른 세숫물이나 받아라."

신당을 꿰차고 앉아 점을 보고 난 뒤 집안의 가장은 단연 연화였다. 연화의 말이라면 집안일을 거드는 은초롱이나 마루뿐만 아니라 어머니까지 거역하지 못했다. 어머니에게 연화는 딸이면서 동시에 범접하기 힘든 신과 같은 존재였다. 때문에 연화에게 한 번도 군담을 한 적이 없었다. 그저 시키는 대로 "오냐 오냐" 하면서 따랐다.

"어머니, 잠자리를 봐 주세요. 좀 누워야겠어요."

어머니는 금방이라도 맥을 놓을 것 같은 연화를 애닯게 바라보았다.

"밥이라도 몇 숟갈 뜨고 자지 그러니? 은초롱아, 군불 때지 않고 뭐하고 있는 게냐?"

어머니는 다급한 마음에 은초롱만 다그쳤다. 말할 힘도 없는지 연화는 팔을 휘저으며 신단이 있는 제 방으로 들어갔다.

신단 위에 족자를 해서 걸어 둔 무신도를 보자, 비로소 집에 왔다는 안도감이 들었다. 다리에 힘이 빠지면서 그대로 꼬꾸라져 버리고 말았다. 이부자리를 펼 새도 없이 맨바닥에 누워 잠들어 버렸다.

얼마나 잠을 잤을까. 뇌성벽력이 내리치는 소리에 연화는 잠자리에서 벌떡 일어나 앉았다. 비바람이 새하얀 창호지 문을 세차게 두들겨 댔다. 그렇지 않아도 내내 악몽을 꾸고 있던 터였다. 잡귀들이 날뛰면서 자꾸만 연화의 목을 졸라 댔다.

연화는 얼굴에 흘러내리는 땀을 닦았다. 그러고는 연꽃을 들고서 있는 자비로운 여신의 그림을 가만히 올려다보았다.

"나무관세음보살……"

무신도를 향해 두 손을 합장하고 절을 할 때였다.

"아악!"

별안간 연화는 가슴을 쥐어뜯으면서 비명을 질렀다. 가슴 한가운데가 불이라도 붙은 것처럼 커다란 통증이 느껴졌다. 고통을 견디 내느라 연화는 방바닥을 긁어 파면서 몸서리쳤다. 당산나무의 영기를 본 탓이었다. 휘몰아치는 비바람을 견디지 못하고 기어코 나무가 쓰러지고 있었다.

"어머니, 어머니!"

몸을 웅크린 채 소리 높여 어머니를 불렀다. 거센 빗소리에 듣지 못했는지 한참이 지나서야 어머니가 일어나는 기척이 들렸다.

"이 애, 무슨 일이니?"

어머니가 흰 속곳 차림으로 헐레벌떡 달려왔다. 파김치처럼 축 늘어져 있는 연화를 눈이 휘둥그레져서 보았다.

"어머니, 제복과 제구들을 준비해 주세요."

"아니, 이 밤중에 무슨 일로 그러니? 이 비바람에 굿이라도 하겠다는 게냐?"

어머니는 어처구니가 없었다.

"왜 이리 말씀이 많으세요. 나무가, 동구 밖 당산나무가 쓰러졌단 말이에요. 액맥이를 할 거예요. 간단하게 할 터이니 수선 피우지 말고 식구들만 조용히 깨우세요."

연화의 목소리에 날이 섰다. 사방에서 나쁜 기운이 느껴진 탓이었다. 언제나 그렇듯 나쁜 기운이 도사리면 신경이 날카로워졌다. 때문에 마음이 어수선해 누구에게든 신경질을 부렸다.

어머니가 종종걸음치며 이 방 저 방 식구들을 깨우러 다녔다. 아홉 살 먹은 은초롱이 잠투정하는 소리가 빗소리에 섞여 들려왔다.

연화는 가부좌를 틀고 신단 앞에 앉았다.

아득한 과거부터 제가 지은 모든 악업,
이 모든 것은 탐욕으로 말미암았나이다.
몸과 말과 생각으로 지은 악업을
내 이제 모두 남김 없이 참회하나이다.
옴 살바못자 모지 사다야 사하바……

채비를 마친 식구들이 방문을 두드릴 때까지 연화는 천수경 참회진언을 외웠다.

안성장터

비바람 속에서 액맥이굿을 하고 난 뒤 연화는 닷새를 앓아누웠다. 한성을 다녀오고 여독도 풀지 못한 채 치른 굿거리가 몸을 상하게 만든 탓이었다. 연화는 신당 문을 활짝 열고 밖을 내다보았다. 봄볕이 마당 가득히 내려앉았다. 은초롱이 그 볕을 받으며 닭을 치고 있었다. 길게 땋아 내린 머리가 휘휘 닭들을 쫓을 때마다 허리에서 찰랑댔다. 머리카락 끝에 매어 놓은 붉은 댕기가 볼품없이 빛이 바래 있었다. 연화는 어쩐지 그 모습이 측은했다. 은초롱한테 꽃댕기를 매어 주고 싶다는 생각이 들었다.

"은초롱아, 언니랑 장터에 나가자꾸나. 꽃댕기 사 줄게."

은초롱이 모이 바가지를 아무렇게나 내려놓고 연화한테로 달려왔다. 두 눈을 반짝이며 연화를 말끄러미 바라보았다. 참말인가 싶은 거였다.

"언니, 이제 다 나았어요?"

그래도 제 언니 걱정이 앞서는지 딴소리를 했다. 연화는 은초롱의 맑은 눈망울을 들여다보면서 싱긋 웃었다. 닷새 동안 얼마나 앓았는지, 웃는 모습이 마른 풀잎처럼 까칠했다.

"물 한 대접만 떠다 줘. 그러면 말끔히 나을 것 같아."

연화의 말이 끝나기가 무섭게 은초롱이 얼른 물 한 대접을 떠 왔다.

"언니, 언니, 천천히 마셔요. 물도 그리 빨리 마시면 체한댔어요."

어머니가 늘 하는 소리였다. 손님맞이를 끝내고 연화가 대접째 물을 들이켜면 어머니는 꼭 그렇게 말했다. 옆에서 은초롱이 어머니가 하는 것처럼 얼굴을 찌푸렸다. 그래도 모르는 척 연화는 단숨에 물 한 대접을 다 비웠다.

"언니 옷 좀 챙겨 다오."

이번에도 은초롱은 재빨리 옷가지를 챙겨 들고 나왔다. 은초롱은 날아갈 것처럼 기분이 좋았다. 저잣거리를 나들이하는 것만도 좋아 죽겠는데, 오늘은 꽃댕기까지 사 준댔다. 아무래도 간밤에 좋은 꿈을 꾸었지 싶었다.

연화는 흰색 무명 치마저고리를 입고 밖으로 나왔다. 수양버들 긴 가지가 잔바람에 이리저리 흩날렸다. 초록빛으로 물든 산과 들에는 형형색색의 꽃들이 무리지어 피어나 있었다. 봄의 화사함 때문일까. 연화는 몇 걸음 걸어가다 말고 멈춰 섰다. 가슴 한쪽이 아려 왔다. 요사이 좀 잠잠한가 싶더니 또다시 세현 도령의 모습이 떠올라 저미듯 가슴이 아팠다. 어머니가 알면 기절초풍할 노릇이었다. 다른 건 몰라도 세현 도령과의 일이라면, 어머니는 눈에 쌍심지를 켜고 말렸다.

"못 올라갈 나무는 쳐다보지도 말라 했어. 품을 수 없는 거라면, 아예 꿈도 꾸지 말아야지!"

이럴 때 어머니에게 연화는 그저 둘도 없는 딸일 뿐이었다. 신과 소통을 하는 무당 따위는 아무래도 상관없었다. 어머니는 상처받은 제 딸의 모습을 상상조차 하고 싶지 않았다. 천민 출신으로 양반집 자제를 연모하는 게 얼마나 가슴 아픈 일인지, 누구보다도 잘 알고 있는 터였다. 민준 도령, 연화의 생부. 어머니는 양반집 자제인 민준 도령을 연모해 연화를 낳고, 맞아 죽을까 제 어미 천순 무당과 함께 마을을 도망쳐 나왔다. 무당의 딸과 정을 통한 민준 도령은 그 뒤 어찌 되었는지 소식조차 듣지 못했다. 몰라야 살 수 있다고, 입술을 꼭 깨물며 마음을 다잡곤 했다. 하지만 살아가는 동안 얼마나 찢어지도록 가슴앓이를 했던지. 어머니는 연화가 그런 아픔을 결코 경험하지 않길 바랐다. 신분에서 오는 이루지 못할 사랑은 저 하나로 끝나길 빌고 빌었다. 때문에 세현 도령과의 일이라면, 쥐 잡듯이 연화를 다그치고 들었다.
　세현 도령 생각에, 그리고 어머니 생각에 연화는 마음이 쓸쓸했다. 고개를 들고 먼 산에 눈길을 주었다. 그러나 시리도록 푸른 산의 빛깔도 연화의 마음을 달래 주지는 못했다.
　나부대던 은초롱이 어느새 다가와 연화의 손을 꼭 잡았다. 그제야 연화는 우울한 생각들을 떨쳐 버리고 은초롱을 바라보았다. 은초롱은 뭐가 그리 좋은지 연신 조잘댔다.
　"언니, 장이 서는 날이 아닌데 꽃댕기 장사치가 나올까요?"
　은초롱은 새삼 걱정이 되었나 보았다. 달뜬 얼굴에 차츰 근심이 배었다.
　"아무렴, 저잣거린데 꽃댕기 장사치 하나 없을까. 내 생각엔 꽃댕기 금박댕기 장사치가 오늘도 쉬지 않고 나왔을 것 같구나."
　연화가 하는 소리에 은초롱이 어깨를 들썩이며 한숨을 내쉬었다. 그 모습이 귀여워 연화는 또 빙그레 웃음을 지었다.
　은초롱은 핏덩이인 걸 어머니가 이 장터에서 주워 온 아이였다. 얼굴에 열꽃이 피어 있는 게 마마가 들어 내버린 아이였다. 장을 보러 간 어머니는 가슴이 미어지듯 안쓰러워 차마 버려두고 올 수가 없다고 했다. 할머니 천순 무당 적부터 점사를 보고 굿을 하여 먹고사는 일에는 걱정이 없는 살림이었으나, 그렇다고 흔쾌히 남의 자식을 돌볼 만큼 살림살이가 컸던 건 아니었다.

연화는 이제껏 별 탈 없이 지내는 게 모두 어머니 덕이라고 생각했다. 어머니는 그런 사람이었다. 작은 풀포기 하나에도, 땅바닥을 기어 다니는 벌레에게도 마음을 두는 사람이었다. 하물며 죽어 가는 사람을 살리는 일인데, 그냥 지나칠 수가 없었을 것이다. 어머니는 그것이 은덕을 쌓는 일인 줄도 모른 채 바람처럼 물처럼 조용히 사람살이를 돌보았다.

"언니, 나는 이담에 크면요, 마루 오라버니한테 시집갈 거예요."

장터에 이를 무렵, 별안간 은초롱이 맹세하듯 야무지게 말했다. 그 모습이 하도 천진해 연화는 은초롱을 가만히 내려다보았다.

"마루가 그리 좋으니?"

"그럼요! 나는 이 세상에서 마루 오라버니가 젤로 좋아요."

"지난번에는 언니가 젤 좋다고 해 놓고는 언제 그리 마음이 변한 거야?"

연화가 토라지는 시늉을 하자, 은초롱이 난감한 듯 샐쭉 웃었다.

"지난번에는 언니가 젤로 좋았는데, 이젠 맘이 변했어요. 나도 모르게 그렇게 돼 버렸는걸요."

연화는 참지 못해 헤벌쭉 웃어 버렸다. 이루 말할 수 없이 솔직

한 아이였다. 아직 마음이 어리기에 가능한 일이었다.

"그렇지만 마루는 못생겼는걸. 차돌맹이마냥 단단하기만 하지."

연화가 짐짓 약을 올렸다.

"언니는! 마루 오라버니가 왜 못생겼어요? 해님같이 달님같이 환하고 둥그렇게 잘만 생겼는걸요!"

입술을 꼭 다무는 아이의 입매가 새초롬해졌다. 정말로 마루를 세상 제일 가는 호남으로 생각하는 눈치였다.

"그래, 내 너를 마루한테 시집보내 줄게. 한데 더 많이 자라야 돼. 그러려면 지금보다 밥을 더 많이 먹어야 할걸."

"참말이지요?"

"그럼, 참말이지."

"한데, 마루 오라버니도 날 좋아할까요?"

"그야 난 잘 모르지. 마루한테 한번 물어보지 그랬니?"

"물어보기는요! 어떻게 그딴 걸 물어봐요? 한데, 암만해도 마루 오라버니가 좋아하는 사람이 따로 있는 것 같아요."

"어떻게 알아?"

"일전에 오라버니가 꽃을 한아름 꺾고 있는 걸 보았거든요. 그래, 누구 줄 거냐고 물었지요."

"그랬더니?"

"내 좋아하는 사람 줄라고 그런다, 하지 뭐예요. 한데 그 꽃이 왜 언니 신방에 있는지 모르겠어요. 마루 오라버니가 언니를 좋아하는 걸까요?"

연화는 가슴이 맺혔다. 봄꽃들이 피면서 신단 위에는 이틀이 멀다 하고 싱싱한 꽃들이 놓여 있었다. 마루인 줄 알고 있었지만 말리지 않았다. 제가 그러고 싶어 그러는 걸, 그마저도 못 하게 한다면, 얼마나 상심할지 누구보다 잘 알고 있어서였다. 오늘 아침에는 각시붓꽃이 한아름 꽃병에 꽂혀 있었다. 보랏빛 꽃잎이 어찌나 처연해 보이던지 연화는 잠시 눈을 두다 말았다. 내 마음이 이리 쓸쓸한데, 지는 얼미나 쓸쓸할까 싶어서였다. 하지만 그뿐이었다. 매몰찰 만큼 마루를 마음에 들이지 않았다. 아니, 그럴 수도 없는 처지였다. 마루는 언제까지나 동무이자 남동생, 오라비일 뿐이었다.

"은초롱아, 마루는 언니를 좋아하지 않아. 아니, 좋아하기는 하지만 너처럼 그런 맘은 아니야."

연화가 쓸쓸한 얼굴로 말했다. 그리고 고개를 돌려 쪽진 머리를 은초롱에게 보여 주었다.

"언니는 벌써 혼인을 했어. 언니가 모시는 신이 바로 내 서방님이야. 그러니까 마루는 나와 혼인할 수가 없단다. 알겠니?"

"참말이지요?"

"그렇대도."

이제야 안심이 되는지 은초롱이 어깨를 들썩이며 짧은 숨을 내쉬었다. 그러고는 근심이 가신 얼굴로 종알대기 시작했다.

"언니, 일전에 마루 오라버니가 무술하는 걸 보았어요."

아무렇지도 않게 나부대는 소리에 연화는 걸음을 멈췄다. 은초롱을 빤히 보며 물었다.

"너, 지금 뭐라 했니? 마루가 무얼 했다고?"

"무술 말이에요. 공중을 휙휙 세 번이나 구르고 거미처럼 담장을 타고 올라갔는걸요."

"너, 참말이지? 참말로 마루가 공중을 구르고 담장을 타고 올라갔단 말이지?"

"그렇대도 그래요!"

말해 놓고 나서 은초롱은 두 손으로 제 입을 틀어막았다.

'에구머니! 마루 오라버니가 언니한테 절대로 말하지 말라 했는데…….'

낯빛이 안 좋은 연화를 보고 저도 곧 울상을 지었다. 연화는 치맛자락을 날리며 쌩 돌아섰다. 은초롱이 종종걸음치며 연화 뒤를 쫓아갔다.

"언니, 언니, 내 이 말 했다는 소릴랑 절대로 마루 오라버니한테 하지 말아요, 네?"

연화가 대꾸도 않고 걸어가자 은초롱은 더욱 애가 탔다.

"내 이 말 했다는 거 들통 나면, 마루 오라버니가 날 안 보려 할 거예요. 그러니까 언니, 꼭 말하지 말아요, 네?"

"알았으니 어서 가자."

"참말이지요?"

"허, 고 계집애 참말 말이 많구나."

연화는 하는 수 없이 맥없는 웃음을 짓고 말았다. 하지만 마루가 벌이는 수작들이 무언지 갈피를 잡을 수 없어 마음이 무거웠다.

장이 서지 않는 저잣거리는 한산했다. 안성에 있는 이 저잣거리에는 오 일마다 장이 열렸다. 안성장터는 각 고을 사람들이 유일하게 만나는 곳이었다. 오일장이 설 때면 이곳에 서서 농시일이니 고을의 크고 작은 일에 대한 이야기를 주고받았다.

주막을 지나 몇 걸음 걸어가자 옷감 파는 가게가 나왔다. 은초롱이 날아갈 듯 옷감 파는 가게로 달려갔다.

은초롱은 판 위에 깔아 놓은 댕기를 하염없이 만지작거렸다. 꽃댕기를 집어 들더니 다시금 금박댕기, 비단 댕기를 번갈아 집어 들었다. 그러다 시무룩한 얼굴로 꽃댕기 하나를 집어 들었다.

"왜 맘에 안 들어?"

연화가 묻자, 은초롱이 고개를 가로저었다. 한창 치장하는 데 관심이 많은 아이였다. 연화가 치장할 때면, 경대 속으로 쏠려 들어갈 듯이 제 얼굴을 들여다보곤 했다. 보나마나 이것저것 다 욕심이 나는 거였다.

"하면 나온 김에 금박댕기도 하나 더 사 줄까?"

은초롱이 좋아 연화한테로 와락 안겨 들었다. 언니 맘이 변할까 얼른 금박댕기를 집어 들었다.

"언니, 어머니가 아시면 혼쭐이 날 텐데 어쩌지요?"

호사를 부렸다고 어머니가 혼을 내실 게 틀림없었다. 가뜩이나 멋 부리는 시늉을 낸다고 어머니는 번번이 은초롱을 나무라곤 했다.

"괜찮아. 언니가 사 줬다고 하면 어머니도 아무 말씀 못하실 거야."

연화와 은초롱은 장터 이곳저곳을 살피며 걸어갔다. 그림자가 길게 늘어진 게 유시가 지날 무렵이었다. 유기전 앞을 지나는데, 느닷없이 저잣거리 한쪽에서 웅성대는 소리가 들렸다. 이어서 웬 여인이 목이 터져라 울부짖는 소리가 울려 퍼졌다. 연화는 뒤돌아서서 모여 있는 사람들을 살폈다. 사람들 사이로 창을 든 관아 병졸들의 모습이 보였다. 그리고 장정 대여섯 명이 오랏줄에 묶인 채 질질 끌려가고 있었다. 아기를 둘러업은 아낙이 장정들을 따라가며 울부짖었다. 장정 중 누군가의 안식구인 듯했다. 깡마른 아낙이 울부짖는 소리가 저잣거리에 애닳게 울려 퍼졌다.

연화는 가슴이 철렁 내려앉았다. 어쩐 일인지, 낡아 빠진 흰 무명 바지저고리에 짚신을 신은 장정들이 하나같이 마루로 보였다.

41

"마루……."

연화는 은초롱의 손을 꽉 잡고 마루를 불렀다. 은초롱의 눈이 휘둥그레졌다.

"언니, 왜 그래요? 마루 오라버니가 어디 있다고 그래요?"

은초롱의 목소리에 연화는 겨우 정신이 들었다. 마루 때문에 이따금씩 가슴이 멍해질 때가 있었다. 저를 향한 마루의 연정 때문인 줄만 알았는데, 그게 아니었던 모양이었다. 어쩐지 마루가 큰일을 낼 것만 같았다. 관아로 끌려가는 장정들의 모습에서 마루의 환영을 본 건 아마도 그런 기운 탓인지도 몰랐다. 연화는 떨리는 가슴을 좀처럼 추스를 수가 없었다.

병졸들이 사라지자, 사람들이 다시 모여 웅성거리기 시작했다. 연화는 그들 곁으로 다가가 조심스레 물었다.

"저들이 왜 잡혀가는 거지요?"

"아, 글쎄, 알량한 양반님네가 느닷없이 소작료를 턱없이 올려 한 해 농사한 값을 제대로 안 쳐 줬다잖아요. 하도 억울해서 저 사람들이 지주 댁에 찾아가 난동을 부렸나 봅니다. 관아에 호소도 하고 말이지요. 한데 양반님은 멀쩡하고, 소작인들만 저리 잡아가고 있지 뭐요."

연화는 두 주먹을 꼭 쥐었다. 아무래도 일이 크게 번질 듯싶었다. 사람들이 하는 소리가 마음속으로 스며들었다.

"관아 수령한테 잡혀가면 보나마나 뻔하지 않겠소? 군수 양반, 안 그래도 악질로 소문이 자자하던데. 그나저나 저 사람들 곤장께나 두들겨 맞게 생겼어. 죽도록 일하고 곡식 한 알 못 받아먹은 것도 억울한데, 이젠 두들겨 맞기까지 한다!"

"김수용 군수가 지난번 평택에서 수령을 할 적에도 부정부패가 심했다잖아. 한성에서 관리할 적에도 부정을 저지르다 좌천됐다 하고. 지주들한테 때만 되면 금품을 받아먹는다지. 쳇! 백성들은 하루 두 끼도 못 먹어 배를 주리는데, 밤낮 없이 양반들 불러다가 잔치판이나 벌이고 있으니 원! 백성들 피눈물 빨아먹는 양반들이나 수령이나 다 한통속이지. 그러니 수령이란 자가 누구 편을 들겠소? 수령들 양반들 놀음에 죽어나는 건 우리 백성들뿐이지. 안 그래요?"

"그래요! 그래!"

점점 불어나는 사람들의 소리에 연화는 머리가 어지러웠다. 비릿한 피 냄새를 맡은 듯 속이 메스꺼웠다. 곧 눈앞으로 핏물이 쏟아지는 환영이 보였다. 검붉은 핏줄기가 강물처럼 흘러내렸다. 핏줄기가 구렁이 같은 몸체를 뒤틀면서 동구 밖에서부터 마을로 빠르게 흘러 들어왔다. 온 산과 들판 위로, 곡식이 자라는 논과 밭으로, 옹기종기 모여 있는 초가집으로, 그리고 산 아래 오롯이 들어서 있는 연화의 집으로 전진해 들어왔다. 핏물은 신당으로 흘러들어가 방 안을 붉게 물들였다. 신단 위 촛대와 향 그릇, 과일과 떡 그릇 속에 핏물이 고여 들었다. 꽃병이 쓰러지면서 시뻘건 물이 왈칵 쏟아져 나왔다. 불상을 적시던 핏물이 무신도 속 여신의 몸과 얼굴에도 서서히 스며들고 있었다.

"은초롱아, 어서 약재상으로 가자!"

연화는 입술을 파르르 떨면서 은초롱의 손목을 틀어잡았다. 은초롱은 눈자위를 희끗대는 연화가 무서워 몸을 움츠렸다.

"빨리 서두르래도 그러니!"

연화가 비명 지르듯 날카로운 소리를 냈다. 은초롱은 댕기 두 개를 꼭 쥐고 연화를 힐긋 올려다보았다. 금방이라도 울음을 터뜨릴 것 같은 얼굴로 종종걸음쳤다.

연화는 가쁘게 숨을 몰아쉬었다. 심장이 튀어나올 듯 세차게 뛰었다. 아무래도 큰일이 날 듯싶었다. 사람들이 들판 위로 푹푹 꼬꾸라지는 환영이 끈질기게 물고 늘어졌다. 마을이 풍비박산 되고 피를 볼 일이었다. 약재를 있는 대로 준비해 둬야 할 것 같았다. 마음이 급해지자 연화는 마루 생각이 더욱 간절했다. 어디를 다니는지 요사이 마루는 좀처럼 집에 붙어 있질 않았다.

머슴의 아들

　관아로 끌려간 사람들은 곤죽이 되도록 맞고 겨우 풀려났다. 하지만 주모자로 찍힌 장돌 아범은 난을 일으켰다 하여 흠씬 두들겨 맞은 뒤 옥에 갇혔다. 곧 감영으로 보내질 거라고 했다. 감영으로 보내지면 대역 죄인 취급 받아 참수형에 처해질지도 모를 일이었다. 김수용 군수는 본보기를 보여 주겠다며 이를 갈았다. 대대로 역적들한테 하듯 머리를 잘라 장대에 걸어 효수할 거라고 천명했다.
　온 고을이 뒤숭숭했다. 어디서나 장돌 아범과 군수 김수용 이야기가 오갔다. 김수용이 틀림없이 장돌 아범을 죽일 거라고 했다. 사람들은 모두들 김수용의 악행에 치를 떨었다. 그렇지 않아도 그의 노략질에 진저리를 치고 있던 참이었다. 안성 군수로 부임해

온 뒤 김수용은 백성들을 괴롭히는 일을 서슴지 않았다. 당초 정해진 세금 외에 칠백 석의 쌀을 세금으로 더 거둬들이고, 온갖 부정과 착취를 일삼았다. 수탈을 견디지 못한 농민들은 풀뿌리와 나무껍질로 굶주린 배를 채웠다. 착취를 견디지 못해 아예 마을을 도망치는 이들도 생겨났다.

새벽녘, 기도를 하던 연화는 바깥에서 나는 기척에 예불을 멈췄다. 마루일 터였다. 기다렸다는 듯이 방문을 열어젖히고 밖을 노려보았다.

"도둑괭이마냥 하루가 멀다 하고 밤이슬을 밟고 다니는구나!"

연화의 역정에 마루가 멈칫 섰다. 죄를 지은 듯 수그리들더니 이내 당당히 연화를 마주 바라보았다.

"냉큼 안으로 들어와."

마루는 내키지 않는 얼굴로 신당 안으로 들어갔다. 매캐한 향내가 단번에 코를 찔렀다. 신단 앞에 피워 놓은 향이 거의 다 타들어 가고 있었다. 예불을 드린 지 한참이 지났다는 뜻이었다.

연화는 읽고 있던 불경 책을 탁 소리나게 덮었다. 미간을 찌푸린 채 마루를 보았다.

"너, 계집질을 하니? 머리에 피도 안 마른 게 벌써부터 계집하고 놀아나니?"

말이 곱게 나오지 않았다. 안 그래도 심사가 편치 않은데, 마루마저 말도 없이 번번이 집을 비우니 속이 들끓었다. 마루는 대꾸도 하지 않았다. 어이없게 연화를 바라볼 뿐이었다.

"왜 대답을 않니? 허면 도적질이라도 다니는 거니? 그래? 어머니가 널 덜 먹이고 덜 입혔니?"

마루는 허, 한숨만 내쉬었다. 기가 차서 미칠 노릇이었다.

"내가 계집질을 하든 도적질을 하든 아씨가 무슨 상관이오?"

저도 부아를 참지 못하고 되는 대로 뱉어 냈다. 생각 같아서는, '왜 내가 계집질을 할까 질투라도 나는 거요?' 묻고 싶은 걸 꾹 참았다. 연화는 두 주먹을 꼭 쥐고 입술을 잘근잘근 깨물었다.

"당치도 않는 소리를 하려거든 들어가 잠이나 자렵니다. 신당에 앉아 이리 불미스런 소리를 들으니 나도 심사가 마구 꼬입니다그려."

"뭐야!"

연화가 손을 치켜들고 마루의 귓방망이를 후려쳤다. 맵게 한 대 맞았음에도 마루는 꿈쩍도 하지 않았다. 귓불이 발개진 채 연화를 노려보고만 있었다.

"나쁜 놈! 네가 아씨라 존대만 하지 참말로 날 귀히 여기기나 하니? 아씨는 무슨 씨알도 안 먹힐 소리! 날 저 발가락에 낀 때만큼도 못 여기면서!"

연화의 목소리가 쩌렁쩌렁 울렸다. 그제야 마루가 연화를 뚫어지게 바라보았다.

"아씨가 왜 이리 화가 나셨는지 난 참말 모르겠소. 내가 참말로 계집질이나 도적질을 한다고 믿는 건 아니겠지요?"

"허면 왜 묻는 말에 대답을 않니? 온 고을이 뒤숭숭해 심란해 죽을 지경인데, 무엇 때문에 야밤에 나갔다가 새벽녘에야 들어오느냔 말이야?"

연화는 어쩐 일인지 점점 더 마루가 걱정되었다. 아무래도 큰일을 낼 녀석이었다. 그 화가 고스란히 마루한테 내릴까, 안절부절 못했다. 이따금 마루의 눈과 맞닿을 때면, 연화는 그 근심의 정체를 발견하고는 소스라쳤다. 마루의 순하디순한 눈에 강렬한 살기가 배어들어 있어서였다. 누군가를 지독하게 미워하여 죽여 버리고 싶은 기운이 마루의 눈에서 번뜩였다. 주체하지 못할 살기가 실릴 때면, 마루는 집을 휙 뛰쳐나가 여기저기 방황했다. 그도 아니면 방 안에 틀어박혀 얼마 동안이나 나오질 않았다. 속에서 타오르는 번뇌를 이기지 못해 혼자 오래도록 고통스러워했던 것이다.

"아직도 김 참봉을 죽이고 싶니?"

연화는 안 하려던 말을 기어코 꺼내고 말았다. 마루는 속내를 들켜 버린 듯 뜨악한 표정을 지었다. 곧 얼굴을 사납게 일그러뜨렸다. 휴…… 연화는 신음과도 같은 긴 숨을 내쉬었다.

"내 말이 맞구나. 그 작자를 죽일 작정이구나. 그 자를 죽일 생각을 아직도 저버리지 못한 게지?"

연화가 탄식했다. 하지만 여전히 마루는 말이 없었다.

"그러지 마. 업을 쌓는 일이야. 그 작자는 자연히 죽게 돼 있어. 네가 나서지 않아도 오래지 않아 죽어."

"그자가 죽는다고요?"

마루가 눈을 치뜨며 반문했다. 부릅뜬 두 눈에 핏발이 섰다. 곧 눈시울이 붉어져 외쳤다.

"내 어미와 아비가 죽은 지 팔 년이 지났어요. 그런데도 그 자가 저리 눈 뜨고 잘 살고 있는데, 이제 죽을 거라고요? 아씨, 나는 믿지 않아요. 내 이 손으로 숨통을 끊어 놓지 않으면, 그가 죽었다는 걸 믿지 못하겠어요!"

연화는 황망하여 말을 잇지 못했다. 나무관세음보살. 부디 저 아이가 부처님께 귀의하길, 자애로운 여신님의 품에서 평안을 찾길 비나이다. 하지만 가슴에 쌓인 한을 어찌 다 헤아릴 수 있을지, 답답하기 그지없었다.

어쩌면 그것도 인연이라면 인연일까. 연화는 어린 마루에게 일어난 재앙을 처음으로 예지한 사람이었다. 또한 그 아픔의 현장을 환영으로나마 생생하게 목격한 사람이었다.

"바우 아제하고 아줌마가 죽을 거야."

새벽녘 어머니는 잠결에 그 소리를 듣고 이부자리에서 벌떡 일어났다. 옆에서 자고 있어야 할 어린 연화가 없었다. 어머니는 벌렁대는 가슴을 하고 바깥으로 뛰어나갔다. 어느새 깨어났는지 연화가 툇마루에 앉아 있었다. 초점이 없는 눈으로 허공을 보며 아무렇게나 내뱉었다.

"맞아 죽을 거야! 손가락이 부러지고 손톱 발톱이 빠지고······ 아악!"

연화는 귀를 틀어막고 몸서리쳤다. 할머니 천순 무당이 신당에서 뛰어나왔다. 하얗게 질린 얼굴로 연화를 다그쳤다.

"이 애, 너 지금 뭐라 했니? 몹쓸 꿈을 꾸었니?"

그래도 연화는 막무가내였다.

"보지 마! 눈을 감아! 마루, 요 녀석 오늘 아주 먼 데로 나가 버려!"

연화는 생생한 장면을 본 듯 온몸을 떨면서도 입으로는 연신 떠들어 댔다.

할머니와 어머니는 억장이 무너져 내렸다. 연화가, 겨우 여덟 살밖에 먹지 않은 여자아이가 공수를 내리고 있는 거였다. 시름시름 앓곤 했지만 그게 설마 무병이려니 했다. 저토록 어여쁜 아이한테 신이 내릴까 했다. 그렇다고 그걸 몰랐을까. 무당 할머니가 손녀딸에게 보이는 신 내림의 징후를 몰랐을 리 없었다. 천순 무당은 철퍼덕 주저앉았다. 마침내 올 것이 오고야 말았다는 사실을 절절히 깨달았다. 천순 무당은 연화의 신기를 진작에 짐작했으나 애써 모른 척했다. 어떻게 해서든 신의 뜻을 거스르고자 애를 썼다. 손녀딸에게만은 신기가 내리지 않길 바라서였다. 오로지 자기처럼 살지 않길 바라서였다.

동이 트기 전 천순 무당은 부랴부랴 마루의 집으로 갔다. 살을 피해 보려고 방도를 쓸 생각이었다.

하지만 바우 아제 집은 한바탕 뒤집어진 채 아무도 없었다. 마당에서 키우던 돼지 두어 마리와 닭들만 세상 모르고 잠을 자고 있었다.

천순 무당은 다시금 억장이 무너져 내렸다. 기둥을 부여잡고 휘청거리는 몸을 겨우 가누었다. 마루 집안에 변이 난 게 틀림없었다. 손녀딸이 내린 공수가 맞아떨어졌다는 생각에 벼락을 맞은 듯 눈앞이 캄캄했다.

그 시각, 마루 아범과 어멈은 김 참봉 집에서 몰매를 맞고 있었다. 마루네는 대대로 김 참봉 댁에 딸린 머슴의 집안이었다. 그런데 지난가을, 김 참봉은 시치미를 뚝 떼며 한 해 새경을 주지 않았다. 가뜩이나 기근이 들어 입에 풀칠하기도 어려운 상황이었다. 바우 아제는 화가 나서 병이 날 지경이었다. 두고 보다 마침내 김 참봉 댁으로 달려가 왜 새경을 주지 않느냐고 따지고 들었다.

인색하기로 악명 높은 김 참봉이 가만 있을 리 없었다. 노비와 머슴을 죄 모아 마루 아범과 어멈에게 몽둥이찜질을 하라 명했다. 김 참봉에게 딸려 사는 노비들과 머슴들은 몽둥이를 들었다. 같은 처지에 있는지라 내키지 않았다. 하지만 상전이 내리는 명이니 어쩔 수가 없었다. 해가 뜰 무렵, 김 참봉은 작신 두들겨 팬 마루 아범과 어멈을 관아로 넘겼다. 그리고 그곳에서 다시금 험한 매를 맞은 두 내외는 몇 분 시차를 두고 차례로 숨을 거두었다.

그 모습을 먼발치에서 마루가 지켜보았다. 얼마나 기막힌 광경인지 울음도 나오지 않았다. 처참하게 죽어 가는 제 부모의 모습을 사색이 되어 보고만 있었다. 매 맞아 죽은 부모의 모습이 마루의 가슴에 후벼 파듯 깊게 새겨졌다.

"김 참봉을 죽일 거야! 내 어미 아비가 당한 대로 때려 죽일 거야!"

흰 천을 덮어쓰고 버려진 부모의 시신을 보면서 마루는 이를 악물었다.

연화는 마루의 뼈저린 아픔을 기억하고 있었다. 어린 날, 몹쓸 환영을 보면서 느낀 고통이 제 것인 것마냥 잊혀지지 않았다.

"난 네 몸이 상할까 걱정돼 피가 마를 지경이야."

연화의 목소리가 한결 가라앉았다. 물기 머금은 목소리에서 금방이라도 물방울이 떨어질 듯했다.

마루가 송충이같이 짙은 눈썹을 꿈틀거렸다. 무언가 말을 꺼낼 듯하다 도로 입을 다물어 버렸다.
"아씨, 걱정 마세요. 내 몸은 내 알아서 보존합니다."
연화를 안심시키려 겨우 그렇게만 말했다. 연화가 휴, 짧은 한숨을 내쉬었다.
"우리같이 미천한 사람들한테 마음대로 되는 게 어디 있기는 하다니? 마음먹은 대로 할 수 있는 세상이라면, 왜 너를 나무라겠니?"
순간, 마루의 눈에서 발광체 같은 빛이 났다. 어둠 속에서 한 줄기 내리는 빛처럼 놀랍도록 강렬한 눈빛이었다.
"아니요. 아씨, 그런 세상이 있답니다. 우리같이 천한 사람들도 세상의 하늘이 되고 땅이 되고 주인이 될 수 있답니다."
마침내 마루가 속의 말을 쏟아 냈다. 그동안 연화에게 얼마나 해 주고 싶은 이야기였는지 몰랐다. 계 안에는 정의롭고 지혜롭고 아름다운 사람들이 있었다. 누구 하나 소중하지 않은 사람이 없음을, 제 자신이 얼마나 귀한 존재인지를, 계 사람들은 깨우쳐 주었다. 마루는 가슴이 떨렸다. 열이 찬 얼굴이 발갛게 달아올랐다.
"이 애, 네가 지금 제정신이니? 신기가 내린 것도 아닐 터인데, 혼 빠진 소리나 지껄이고 있으니 원!"
"아니요, 온전한 정신이랍니다. 혼 빠진 소리를 하는 게 아니에요."

연화는 마루를 유심히 살펴보았다. 우울하고 맥없게만 보이던 눈이 형형하게 빛났다. 희망을 품어 기가 충만한 자만이 낼 수 있는 눈빛이었다.

"네가 밤새 다니는 일과 상관 있는 거니?"

조심스레 묻는 말에 마루가 고개를 끄덕였다. 그러고는 입가에 엷은 미소를 띠었다.

"말해 봐. 네가 밤이면 도둑괭이처럼 나가서 벌이는 수작들을 말이야?"

"아씨, 새로운 세상을 만들려고 여러 사람들이 모이고 있어요."

"새로운 세상이라니?"

연화가 기겁을 했다.

"그 모임에 가면 모두가 평등하답니다. 남자나 여자, 늙은이나 아이가 다 똑같이 앉아 맞절을 한답니다. 또한 가진 자나 못 가진 자, 양반이나 천민이 다 똑같은 대우를 받지요."

휴…… 연화는 온몸에서 힘이 다 빠지는 듯했다. 녀석을 저리 열에 들뜨게 만든 모임의 정체를 깨달은 탓이었다. 신분차별 없이 맞절을 하고, 서로를 대우하며 존대를 쓰는 곳이라 들었다. 대부분이 농민들이지만 백정, 노비, 포수와 같은 천민들도 속속들이 계에 가입되었다고 했다. 하늘 아래 사람은 모두 똑같다. 하지만 그게 정말 가당키나 한 소리인가. 남도 어느 고을에서는 계 사람들이 일어나 난을 일으켰다고 했다. 그러나 그들은 새 세상을 만들기는커녕 관아에 잡혀가 아랫도리를 벗긴 채 곤장을 맞았다. 계의 이름이 조금씩 퍼져 나간 것도 그 무렵이었다. 쉬쉬하던 모임이 어느새 이 고을까지 퍼져 마루를 사로잡았을까. 연화는 심사가 편치 않았다.

"네가 그나마 근근이 먹고사는 우리 집안을 아작 낼 놈이구나. 남녀노소가 평등하다니! 빈부귀천의 차별이 없는 세상이라니! 그게 가당키나 하니?"

"가당하다말다요! 하늘 아래 사람은 다 똑같은 법입니다. 차별을 만든 건 바로 가진 게 많은 지체 높은 사람들이지요. 아씨, 온 나라가 휘청휘청하답니다. 안으로는 부패한 관리들이 들끓고, 왕과 왕비는 하루가 멀다하고 연회를 벌인다지요. 백성들이 어찌 사는지 나 몰라라 한 채 말입니다. 또 밖으로는 청나라, 왜나라 사람들도 모자라 저 멀리 코쟁이 나라 사람들까지 들어와 조정을 쥐고 흔든답니다. 이런 시국에서 죽어나는 건 우리 백성들뿐입니다. 지주들도 모자라 이제는 외인들한테까지 번번이 쌀이며 곡식들을 빼앗기고 있어요. 세금은 눈덩이처럼 불어나 살기가 점점 더 팍팍해지고 말입니다. 그렇다고 세금을 안 내면 또 어떻습니까? 관아에 끌려가 몰매를 맞는 것밖에 더 있습니까? 하여 지체 높은 작자들이 우리네 같은 사람들의 목숨을 좌지우지하는 세상은 뒤집어져야 합니다. 설사 왕이라 할지라도 백성들을 괴롭히는 폭군이라면 심판을 받아야 마땅하지요."

"참말로 네가 무당 집안을 갈아엎을 작정이구나!"

"아씨, 그렇지 않아요. 할 수 있습니다. 계의 정신이 점차 백성들에게 퍼져 나가다 보면, 반드시 그리 살 날이 올 겁니다. 그리되면, 아씨도 세현 도련님과 혼인을 할 수도 있지요."

"당치도 않아!"

"아니요, 들으셔야 합니다. 아씨, 내가 왜 아씨한테서 마음을 접었는지 아세요? 무당이라 그런 줄 아세요? 아닙니다. 다른 데 마음 두고 있는 아씨를 보는 게 너무 괴로워 그리했어요. 한데, 아씨는 그 사람과 혼인도 못하는 처지입니다. 천민과 양반이라서 말이지요. 저 하나 마음 상하는 건 아무래도 상관없어요. 허나 아씨가 애태우는 모습은 도무지 볼 수가 없어요. 왜냐하면……"

"듣기 싫어!"

연화는 마루의 말을 가로막았다. 더 두고 보면 녀석의 입에서 무슨 소리가 나올지 감당할 수가 없어서였다. 열이 들어찬 마루의 눈이 발갛게 번들거렸다.

"누가 널더러 세현 도련님과 혼인시켜 달랬니? 분수 넘치는 놈 같으니라구!"

연화는 부아가 치밀었다. 하지만 어쩌지도 못하고 끄응 신음 소리만 냈다. 역적이나 다름없는 마루의 앞날을 내다보니 심란하기 짝이 없었다.

"행여 김 참봉을 해할 생각일랑 말어. 네가 어느 곳에서 어떤 생각으로 무얼 하든 내 상관하지 않아. 허나 무어든 정의롭게 해야 해. 사사로운 감정에 휩싸이게 되면 혜안을 잃는 법이라 했어."

하지만 이 말을 마루가 가슴 깊이 새겨들었는지 아닌지 연화는 알 길이 없었다. 단단한 뒷모습을 보이며 나가는 마루를 그저 바라볼 뿐이었다. 동이 트고 있었다. 새벽 푸른빛을 받으며 마루가 마당 건너 제 방으로 터벅터벅 걸어갔다. 나무관세음보살. 마루에게 아무 일도 일어나지 않기를, 저 아이의 마음에 평안이 깃들길 비나이다. 연화는 불경을 외우며 오래도록 기원했다.

물 위에 피는 꽃

 동이 트기도 전에 점사를 보러 온 손님들이 들이닥쳤다. 손님을 맞이하는 옆방에는 모임에라도 나온 듯 아낙들이 둘러앉아 낮은 소리로 떠들어 댔다.
 "들라 하세요."
 새벽 예불을 마친 연화가 일렀다. 굿을 할 때나 점을 볼 때 조무를 보는 어머니가 첫 손님을 들여보냈다.
 중년 아낙이 늙수그레한 종과 함께 신방으로 들어왔다. 아낙은 감색 모시 치마에 테두리를 따라 분홍색 꽃이 수 놓아진 흰 저고리를 입고 있었다. 사십 줄에 접어들었을 법한데 얼굴은 주름 하나 없이 팽팽하다. 뒤룩뒤룩 살이 오른 얼굴이 기름칠을 한 것처럼 반지르르했다. 행세깨나 하는 집안의 안방마님이었다.

아낙과 눈이 마주치자, 연화는 곧 심사가 뒤틀렸다. 오만하기 이를 데 없는 눈빛이었다. 아쉬울 것 없이 저리 잘 먹고사는 여인네가 왜 이곳을 찾아왔는지, 한심하기 짝이 없었다. 하긴 찬찬히 훑어보니 눈 밑이 거무스름한 게 고민이 꽉 들어차 있긴 했다.

"무슨 일로 예까지 찾아오셨나요?"

사연을 묻는 연화의 목소리가 냉랭했다. 웬만하면 첫눈에 왜 찾아왔는지를 알아채는 연화였다. 허나 이 여인에게서 풍기는 기운이 워낙 호사스러워 눈만 부실 지경이었다.

"연꽃보살, 이런 곳에 앉아 있으니 내 부끄럽기 짝이 없네."

그러면 그렇지! 지체 높은 아낙들의 첫마디는 꼭 저러했다. 사연을 꺼내기 전에 먼저 체면치레를 하려 들었다. 정말 내키지 않는 손님이었다.

"옆방에서 기다리는 손님들이 많은 줄로 압니다. 마음 편히 잡수시고 무슨 일로 예까지 오셨는지 얼른 말씀하세요."

그렇게 말하지 않으면 아낙의 사설은 더 길어질 터였다. 고급 관리가 된 자식 자랑, 만 평도 넘는 논밭 자랑, 하다 못해 부리는 것들 자랑까지 죽 늘어놓으며 허세를 떤 뒤, 마지못한 척 고민을 털어놓을 게 분명했다.

아낙이 벌린 입을 다물더니 옆에 앉은 늙은 종에게 눈짓을 주었다. 늙은 종이 안방마님 머리에 꽂은 비녀를 빼고 어여머리를 내렸다. 드려 빗은 다래를 거둬 내자 허연 정수리가 드러났다. 그러니까 커다랗게 부풀린 머리는 아낙의 머리카락이 아닌 가발이었다.

"에구머니!"

연화는 짐짓 호들갑을 떨었다. 속으로는 쿡 웃음이 터져 나오려는 걸 겨우 참아 냈다.

"내 꼴이 이렇다네. 대머리가 되려는지 지난해부터 머리털이 숭숭 빠지더니 이 꼴이 되었네. 연꽃보살, 무슨 방도가 없겠는가?"

어여머리를 내린 아낙은 조금 전과 달리 몹시 추레했다. 머리카락이 거의 빠져 흡사 대머리나 마찬가지였다. 아낙은 사십 줄이 아니라 예순은 먹은 노파처럼 보였다. 하지만 그 모습이 팽팽한 피부와 어울리지 않아 우스꽝스럽기만 했다. 머리털이 있고 없음이 외양을 저리 달리 보이게 만드는 것인지, 연화도 처음 알았다.

"허면 복채를 주세요."

당차게 복채를 내놓으라는 소리에 아낙의 눈이 둥그레졌다. 누가 공으로 점사를 보겠다는 건가. 아낙의 얼굴에 슬그머니 노기가 배어들었다. 하지만 어쩔 수 없이 아낙은 치마 말기에 매어 놓은 붉은 비단주머니에서 은전 두 닢을 꺼내 놓았다. 연화가 상 위에 놓인 은전을 시큰둥하게 내려다보았다. 마음 씀씀이는 생긴 것답

지 않게 인색하기 그지없었다. 어찌 되었건 복채를 내어 준 만큼만 보여 주리, 마음먹었다.

연화는 게슴츠레 눈을 뜨고 아낙을 살폈다. 초점이 없는 눈으로 머리 둘레를 요리조리 한참 보았다.

"무언가 보이는가? 내 머리털이 빠지는 이유가 보이는가?"

아낙은 마음이 급했다. 하지만 연화는 대꾸는 않고 연신 아낙의 머리만 살폈다. 아낙은 애가 타서 마른 입만 쩝쩝 다셨다.

"옜소! 복채를 더 내놓을 테니 어서 말 좀 해 주게."

아낙이 은전 두 닢을 상 위로 더 내놓았다. 연화는 데구르르 구르는 은전 두 개가 멈출 때를 기다려 입을 열었다.

"마님, 송구합니다."

느닷없이 머리를 조아리는 연화를 보고 아낙은 낯빛이 달라졌다.

"무슨 일인가? 내 몹쓸 병에라도 걸린 겐가?"

"그런 게 아니옵고, 마님의 머리 위에 잡귀들이 옴붙어 있습니다. 저것들이 마님의 머리채를 틀어잡으며 장난질을 하고 있습니다. 그러니 마님의 머리털이 빠지는 게 당연했겠지요. 내 저것들을 떨궈 내야 할 것 같은데, 이곳에 앉아 점사로는 불가능할 듯하옵니다."

"허면 다른 방도가 있겠는가?"

"부적을 써 드리겠습니다. 허나 지금은 곤란하옵고 보름께나 아랫것을 시켜 가져가라 이르십시오."

아낙의 얼굴이 사색이 되었다. 염병에라도 걸린 것처럼 파리해졌다. 연화는 짐짓 모른 척 마님의 머리 위에서 노는 잡귀들을 훑어보았다. 불여우같이 생긴 것들이 하나 둘도 아니고 대여섯 개나 뒤얽혀 놀고 있다. 연화가 노려보자, 쭈뼛대며 펑퍼짐한 마님의 등뒤로 숨어 버린다. 그러다 한두 놈이 고개를 쏙 내밀고 연화의 눈치를 살폈다.

"고얀 것들, 당장 떨어지지 못할꼬! 어디 붙어먹을 데가 없어 지체 높으신 안방마님 머리채를 틀어잡고 놀아! 이런 주리를 틀어놓을 것들 같으니라고!"

연화가 눈알을 부라리며 고함을 쳤다. 새벽 댓바람부터 잡귀들을 보니 제 속도 마구 뒤틀렸다. 이승에서도 저승에서도 살 수 없는 요괴들이었다. 살아생전 더럽고 난잡한 행동을 일삼던 이들이 죽어 저런 요괴가 되곤 했다. 이승 사람들에게 악착같이 들어붙어 제 괴로움을 떠넘기려는 것들이었다.

"허, 허면 복채를 더 내놓아야 할까?"

아낙이 겁에 질려 말을 더듬었다. 연화는 피식 헛웃음을 지었다.

"아닙니다. 부적에 대한 대가는 마님이 차도를 보이시면 후에 차차 주세요. 한데, 마님?"

연화는 상 위에 올려놓은 쌀알을 손가락으로 만지며 할 듯 말

듯 입을 열었다.

"또 무언데 그리 망설이는가? 내게 또 다른 몹쓸 것들이 달라붙어 있는가?"

아낙은 다시금 가슴이 쿵 내려앉았다. 애간장이 타들어서 목구멍까지 뻣뻣해졌다.

"부적을 품에 지니고 다니시면 필시 잡귀들이 달아날 듯합니다. 허나 탈모 증세보다 마님 속을 더 끓이실 일이 있는 듯한데요?"

"뭣이라? 이보다 더 속 끓일 일이 있다고? 어서 말해 보게."

"혹여 마님의 탈모 증세로 바깥어른과의 사이가 소원해지셨습니까? 잠자리를 같이 안 하신 지 반 년이 다 된 것 같은데요? 소상히 말씀해 주세요. 그래야 점괘가 술술 풀린답니다."

"말하지 않아도 보살은 어찌 그리 소상히 잘도 알고 있는가? 맞네! 지난겨울이었으니 대감과 잠자리하지 않은 지 딱 그만큼 되었네."

"송구합니다."

"한데 대감이 나를 멀리하는 이유가 따로 있는 겐가?"

아낙의 눈빛이 불안하게 흔들렸다. 가까운 곳에 시앗을 두고도 저리 몰랐을까. 연화는 휴, 짧은 한숨을 내쉬었다. 눈을 내리깔고 다시금 쌀알을 손가락으로 만지작댔다. 마음을 졸이던 아낙이 제 손가락에 끼고 있던 금반지를 냅다 빼냈다. 그러고는 상 위에 내려놓고 이를 악물었다. 크게 마음을 쓴 거였다. 하긴 저를 위해서라면 금가락지 하나 따위가 무어 그리 아까울까.

"이만한 일로 너무 과하십니다. 내 부적에 대한 대가는 치르지 않겠습니다."

"사설이 너무 기네. 얼른 할 말을 해 보게."

"마님, 바깥어른께서 같이 잠자리를 하지 않으시는 건 시앗이 생긴 탓입니다."

"뭣이라? 대감한테 시앗이 생겼다고?"

아낙의 눈알이 붉게 충혈되었다. 불끈 쥔 두 주먹을 부르르 떨었다.

"방도가 있으니 그리 노하지 마세요."

"아이고, 연꽃보살, 방도가 있으면 제발 좀 가르쳐 주게. 내 다른 건 몰라도 대감이 시앗 보는 꼴은 절대로 못 보네."

아낙이 연화의 손을 덥석 잡고 애원했다. 처음 신방을 들어설 때의 오만함은 오간 데 없고 애걸복걸했다.

"마님, 시앗 보기를 그리 싫어하시면서 어쩌자고 계집종들은 그리 많이 두셨어요? 내 보니 마님 시중 드는 계집종이 부엌데기나 침모 말고도 서넛은 되는 것 같네요. 목욕 시켜 주는 아이, 책 읽어 주는 아이, 하다못해 여름이면 파리, 모기떼들을 잡아 대는 아이까지 있네요. 그중 한 계집종과 대감님이 정을 통하셨어요. 하필 마름 총각과 눈이 맞은 계집종이지 뭡니까. 누군지 짐작하시겠어요?"

"마, 마름과 눈이 맞은 계집종이라?"

아낙이 눈알을 데굴데굴 굴리더니 무릎을 내리쳤다.

"걸쇠란 놈과 눈이 맞은 아이라면 곱단일 거야! 내 이년을 그냥!"

"마님, 진정하세요. 곱단인지 하는 그 아이는 요물과 다름없어요. 마님 머리에 달라붙은 요괴 같은 년이지요. 하니 함부로 건드리지 마세요. 함부로 주리를 틀었다가는 그 화가 필시 마님에게 떨어질 거예요. 아니지요, 마님뿐만 아니라 자식 손주들에게까지 미칠 거예요."

"이보게, 연꽃보살, 하면 나더러 그년을 그냥 보고만 있으란 말인가? 자네가 아직 어리다지만 내 이런 맘을 전혀 알지 못하겠는가?"

"하여 방도를 말씀 드리려 하지 않습니까. 액땜한다 치고 돈냥 두둑이 쥐어서 곱단이를 마름 총각과 도망치게 하세요. 곱단이 고게 요물이긴 하지만, 참말로 좋아하는 사람은 걸쇠 총각이거든요. 서로 안 보고는 못 사는 사이지요. 사실 따지고 보면, 곱단이가 잘못한 건 별로 없답니다. 정인이 있는 곱단이를 탐한 건 바깥어른이지 않아요?"

"이, 이런 요물 같은 년을 옆에 두고 살았다니……"

"그러니 마님, 앞으로는 젊은 계집종들을 어지간히 부리십시오. 개 중에는 요물이 있어 바깥어른을 홀릴 것입니다. 먹고살자니 그 방법밖에 없다는 걸 잘 아는 계집들이니 말입니다."

"휴……"

아낙은 땅이 꺼져라 한숨을 내쉬었다.

"내 알았네. 시키는 대로 하리다. 허면 대감이 예전으로 돌아오신단 말이지?"

"틀림없이 그리 되실 것입니다. 하니 걱정 마시고 제 말대로 하세요."

아낙은 혼이 빠진 모습으로 허겁지겁 신방을 나갔다. 되게 겁을 먹었으니 시키는 대로 할 것이다. 연화는 상 위에 올려놓은 쇠 종을 흔들었다. 다음 손님을 들여야 비로소 방금 전 손님의 탁한 기운에서 헤어날 거였다.

두 번째로 들어온 손님은 어쩐지 눈에 익은 아낙이었다. 스물대여섯 살쯤 먹었을 터인데, 몹시 앓았는지 중늙은이가 돼 있었다.

"누구신지 눈에 꽤 익어요?"

연화는 아낙한테서 풍기는 기운을 샅샅이 감지했다. 전생에서 인연이 있던 사람일까. 전생에 친자매 지간이었는지 아니면 다정한 동무였는지, 첫눈에도 흠뻑 마음이 가는 아낙이었다. 하지만 연화의 물음에 아낙은 고개를 갸웃했다. 아무래도 모르겠는지 푹 꺼진 눈으로 연화를 뚫어지게 보았다.

아…… 연화의 머릿속으로 스치듯 아낙의 모습이 떠올랐다. 저 잣거리에서 붙잡혀 가는 장정들을 따라가며 울부짖던 여인이었다. 등에 업은 아기는 어디다 두고 왔는지 혼자였다. 그렇다 하더라도 연화는 이 여인한테 끌리는 마음이 쉬 사라지지 않았다. 어떤 단단한 인연이 둘 사이를 둘러싸고 있는 듯했다. 한번 스치고 말, 그런 인연이 아니었다.

"새미골 장돌 어멈이라오."

아낙은 맥이 하나도 없는 목소리를 냈다. 순간, 연화는 무언가가 가슴속으로 푹 꽂혀 들어오는 기분이 들었다. 아낙은 관아에 잡혀가 죽을 날을 기다리고 있다던 장돌 아범의 안식구였다. 연화는 허리를 곧추세우고 앉아 장돌 어멈을 낱낱이 살폈다. 피죽도 못 먹은 것마냥 깡말라 있었다. 저 몰골이라면, 목구멍으로 물 한 방울 넘기지 못하고 있는 게 분명했다. 그런데 어디서 힘이 나서 이곳까지 찾아왔을까. 연화는 마음이 짠해졌다.

"장돌 어멈, 장돌 아범 때문에 예까지 오신 게 맞지요?"

장돌 어멈의 눈이 해골처럼 더욱 퀭해졌다. 하지만 그 눈빛만큼은 밤하늘 은하수처럼 반짝 빛이 났다. 연화는 문득 마루가 떠올랐다. 자신이 속한 계 이야기를 해 주면서 두 눈을 형형이 빛내던 마루의 모습을.

"허면 제게 묻고 싶은 게 무엇인지요?"

연화의 물음에 장돌 어멈이 눈시울을 붉혔다. 말을 꺼내려니 서러움이 복받쳐 올랐다.

"관아에 잡혀 있는 우리 장돌 아범이 참말로 죽을지 아니면 살지, 알고 싶어 왔다우."

연화는 두 눈을 감았다. 흐느끼는 여인을 바로 볼 자신이 없을뿐더러, 눈에 환히 보이는 진실을 어떻게 말해 주어야 할지 알 수가 없어서였다. 장돌 아범은 곧 죽을 것이다. 닷새 뒤에 침수형에 처해질 운명이었다. 이리 가까운 시일에 죽을 지아비의 이야기를 어찌 모른다고 할 수 있을까.

연화는 천천히 눈을 떴다. 장돌 어멈이 마른침을 꿀꺽 삼키며 간절히 연화를 보았다.

"장돌 어멈, 내 이곳에 앉아 점사를 보면서 사람의 명이 다하는 시기를 가르쳐 준 적은 한 번도 없었어요."

"연꽃보살, 내 그러니 죽을 힘을 다해 이곳을 찾아왔지 않우. 어찌 되는지 알아야 마음을 다잡을 수 있을 것 같아 말이우. 그러니 덜지도 보태지도 말고 보이는 대로만 말해 주소."

으음....... 연화가 신음 소리를 냈다. 참으로 고통스러운 자리였다. 어쩌자고 죽을 날짜를 봐 달라고 하는지. 이럴 땐 자리를 박차고 벌떡 일어서고 싶었다. 당신들의 일에 나 몰라라 하고 싶었다. 하지만 앞에는 너무도 가련한 여인이 앉아 있었다. 오죽하면 제 서방 죽을 날짜를 봐 달라고 하겠는가.

"허면 장돌 어멈, 내 말해 드리리다. 마지막 가시는 길 준비 잘 하시라고 드리는 말이니 마음 단단히 먹고 들으세요. 장돌 아범은 닷새 되는 날에 돌아가실 거예요. 빛이 막 드러날 무렵이니 묘시가 될 것 같군요. 여한 없이 가시게 기도나 많이 드리세요. 저도 장돌 아범을 위해 기도 드릴게요."

"아이고…… 아이고……"

장돌 어멈이 방바닥을 치며 울부짖었다. 나무관세음보살. 연화는 씁쓸한 얼굴로 무신도를 올려다보았다.

"허, 허면 다른 방도는 없다는 거우? 연꽃보살, 우리 장돌 아범 좀 살려 주오. 내 이 담이라도 그 은덕을 차차 다 갚을테니…… 아이고……"

연화는 다시금 눈을 감았다. 아낙이 울음을 멈출 때까지 속으로 반야심경을 외웠다.

"우리 장돌 아범이 죽으면 나도 가만있지 않을 거요!"

별안간 아낙이 울음을 멈추고 외쳤다. 그 소리에 연화는 눈을 번쩍 떴다.

"장돌 아범을 죽인 수령의 목을 이 손으로 따 놓고 말 테요!"

장돌 어멈의 눈 흰자위가 칼날처럼 파랬다. 살기 머금은 눈빛을 하고는 이를 바드득 갈았다.

"이보세요, 장돌 어멈, 예가 어디라고 그리 험한 소릴 함부로 내뱉어요! 내 그 속을 모르는 바 아니지만 이제 그만 돌아가도록 하세요."

그제야 장돌 어멈이 정신이 들었는지 옷소매로 눈가를 훔쳐 냈다. 그러고는 동그마한 무명 주머니를 슬그머니 내놓았다.

"무어지요?"

"보리쌀을 한 줌 가져왔다우. 변변찮지만 복채 대신이라우."

"허, 그 정신에도 복채 걱정을 다 했군요. 됐어요. 내 장돌 아범 살릴 방도도 못 내려 주면서 복채를 받을 수는 없지요. 도로 가져 가 장돌이한테나 먹이세요. 아니, 장돌 어멈이 드셔야 할 듯해요. 어찌하겠어요? 남은 사람이라도 몸 보전해야 하지 않아요? 자식 들 생각해서 꼭 그리하세요."

장돌 어멈은 또다시 흐느꼈다. 연화가 쇠 종을 흔들면서 밖을 향해 외쳤다.

"어머니, 어머니, 오늘은 손님 더 못 받는다 이르세요. 기가 쇠 진해 점사 볼 처지가 못 됩니다."

장돌 어멈이 휘청거리며 밖으로 걸어나갔다. 저러다 쓰러지지 싶어 연화는 은초롱을 외쳐 불렀다.

"방금 나간 저 아주머니한테 쌀과 보리를 두 되씩 들려 가시게 해."

은초롱이 안 좋은지 샐쭉했다.

"언니, 번번이 그러면 우리는 뭘 먹고 살아요?"

"잔말 말고 어서 시키는 대로 해!"

연화는 돌아서서 신단 향로에 향을 피웠다.

'나무관세음보살. 모든 걸 부처님 뜻대로 하소서.'

납작 엎드린 채 두 팔을 죽 내밀었다. 아귀들이 들끓는 것처럼 머릿속이 탁해졌다. 점사를 보러 오는 아낙들은 날로 늘어만 갔다. 하나같이 굶주림을 견디지 못해 찾아온 이들이었다. 하지만 연화는 제대로 답을 주지 못했다. 수탈을 견디지 못해 찾아온 이들에게 무어라 말할 수 있겠는가. 귀신이나 볼 줄 알 뿐이었다. 잡귀들이 심어 놓은 병이나 고칠 뿐이었다. 그러니 속이 타들어 가는 건 빈궁한 아낙들뿐만이 아니었다. 점을 보아도 방도를 내놓지 못하는 연화의 속 또한 검게 타들어 가고 있었다.

할머니라면 이런 상황을 어떻게 헤치고 나가셨을까. 연화는 무신도를 올려다보며 불현듯 천순 무당을 떠올렸다. 낮고 걸걸한 목소리로 염불을 외던 할머니의 목소리가 들리는 듯했다. 천순 무당은 염불을 잘하기로 이름을 날린 무당이었다. 탄일가, 지옥가, 시

무풀이 같은 무속의 문서뿐만 아니라 천수경, 대다라니, 반야심경 같은 불경도 곧잘 외웠다. 연화는 뜻도 모르고 할머니가 외우는 염불을 따라 외웠다. 그렇지만 천순 무당은 늘 노심초사했다. 손녀딸에게 신이 내릴까, 안절부절못했던 것이다. 연화의 신기를 짐작한 뒤에는 굿거리 근처에도 얼씬대지 못하게 했다. 연화가 굿을 보러 나올 때면, 그 많은 사람들 앞에서 불호령을 내렸다.

"저, 저년 좀 잡아가라. 예 못 오게 누가 저 작은 년 좀 잡아가 버려!"

연화의 첫 공수가 딱 들어맞는 걸 보고서도 천순 무당은 모른 척했다. 신기가 완연해 이곳저곳에서 앞날을 예언하고 다녀도 고개를 돌렸다. 하지만 연화에게 내린 신의 명령을 어찌 거스를 수 있을까. 오랜 시간이 지난 뒤 천순 무당은 손수 연화에게 내림굿을 해 주었다. 작두를 타려는 손녀딸의 손을 꼭 잡으면서 속에 감추어 두었던 이야기를 꺼냈다.

"꽃달래야, 에미가 널 뱄을 적에 내 연꽃을 보았어. 연못 가득히 피어 있는 꽃 중에 오직 한 송이가 눈에 맺혀 들어오더라. 엷은 분홍빛을 띤 연꽃이었지. 어찌나 탐스럽고 어여쁘던지 내 꺾지도 못하고 그대로 가슴에 품었더란다. 아가, 그 꽃은 바로 너였느니라. 너는 꽃이야, 물 위에 피어나는 꽃. 그러니 이제부터 네 이름은 꽃달래가 아니라 연화란다. 부디 꽃처럼 아름다운 영을 지닌 무당이 되어라. 물처럼 생명의 귀함을 아는 무당이 되어라."

그리만 될 수 있다면 좋으련만……. 연화는 다시금 연꽃을 들고 서 있는 여신의 그림을 올려다보았다. 여신의 모습이 어쩐지 할머니를 닮은 듯했다. 자애롭고 가녀린 듯하면서도 엄하고 강단 있어 보였다.

무당이란 뭇 사람들의 슬픔과 고통을 짊어져야 할 팔자였다. 하지만 그게 어디 쉬운 일인가. 저 하나 다스리는 것만도 이리 힘들고 고달프기만 한데. 연화는 할머니의 마음이 헤아려졌다. 자신의 길을 왜 그토록 모질게 가로막았는지, 비로소 알 것 같았다.

귀신들

 식전부터 관아 나졸 둘이 연꽃무당 집을 찾아왔다. 밥을 짓던 어머니가 기겁한 채 부엌에서 뛰어나왔다.
 "상판을 보니 이팔청춘 꽃띠는 아니고, 허면 거기가 연꽃인지 연화인지 하는 무당 에미 되시우?"
 빌어먹게 생긴 나졸이 어머니를 향해 방자하게 물었다.
 "그, 그렇소만…… 헌데, 무슨 일로 우리 아이를 찾아왔소?"
 "우리 수령께서 연꽃무당을 당장 불러들이라는데 낸들 알 도리가 없지. 어여 연꽃무당이나 불러 주오."
 나졸의 말이 떨어지기가 무섭게 연화가 신방 문을 확 열어젖혔다. 그 서슬에 나졸들이 잠시 주춤했다. 흠, 헛기침을 하더니 이내 연화를 희롱하고 들었다.

"오라, 네가 바로 연꽃무당이로구나. 소문대로 얼굴 한번 반반하게 생겨 먹었네그려. 수령께서 눈이 빠지게 너를 기다리신다. 어여 차비하고 나오너라."

연화는 나졸들이 내뱉는 소리에 방문을 세차게 닫아 버렸다. 속이 울렁거렸다. 수령이나 그 밑에 붙어 사는 작자들이나 그놈이 그놈이었다.

"어머니, 기도 드리는 중이니 밖에 계신 분들한테 기다리라 하세요. 예불을 마치지 못하면, 오늘 하루 점사 볼 일이 허탕이니 불평 말고 기다리라 이르세요."

연화는 방 안에 들어앉아 소리 내어 말했다. 군담이 오가는 소리가 나더니 곧 잠잠해졌다. 예가 어딘 줄도 모르고 집안 여기저기를 기웃대고 있을 테지. 놈들이 하는 꼬락서니를 생각하니 연화는 심사가 뒤틀렸다. 신단 앞에 가부좌를 틀고 앉아 얼마 동안이나 꼼짝하지 않았다. 예불을 핑계 대고 수령이 자기를 불러들이는 이유를 가늠하는 중이었다. 내게 무얼 원하는 걸까. 어쩐 일인지 좀처럼 가닥이 잡히지 않았다. 하지만 한 가지, 저를 이용해 뭔가를 노리고 있는 것만은 분명했다. 수령은 파렴치한 작자라는 소문이 자자했다. 백성들을 등쳐 먹을 뿐 아니라 아녀자라면 가리지 않고 탐하는 놈이라 했다. 참으로 내키지 않는 자리였다. 꿈자리가 뒤숭숭하긴 했어도 이런 일이 일어날 줄 짐작도 못했다. 또 한 바탕 큰 액운이 든 손님이 점사를 보러 오려나 했다.

"앞장서세요."

반 시간이 지난 뒤 연화는 단장한 채 신방에서 나왔다. 연분홍빛 치마저고리를 차려입은 연화는 꽃봉오리처럼 어여뻤다. 나졸들의 눈길이 한동안 연화에게 머물렀다. 제 딸을 내리 쳐다보는 사내들의 눈빛에 어머니는 가슴이 철렁 내려앉았다. 종종대며 사립문 밖까지 연화를 따라나왔다.

"이 애, 무슨 탈이 있는 건 아니니?"

연화는 어머니를 슬쩍 돌아볼 뿐이었다.

"설마 수령이란 자가 너를 해하려는 걸까?"

"어머니, 걱정 마세요. 그 자가 앞으로 저를 죽일지 살릴지 알 수 없으나, 오늘은 아무 탈 없을 거예요. 신단에 향불이나 꺼지지 않게 신경 써 주세요."

그래도 어머니는 마음이 놓이지 않았다. 근심이 가득한 얼굴로 돌아서는 딸의 모습을 찬찬히 살폈다. 나무관세음보살. 부디 저 아이에게 아무 탈 없게 해 주소서. 멀어지는 연화의 뒷모습을 보면서 어머니는 간절히 기도했다.

이십 리를 걸어 미시가 지날 무렵, 연화는 관아거리에 다다랐다. 한참 떨어진 곳에서도 관아 정문인 아문이 훤히 내다보였다.

아문 앞에는 창을 든 병졸들이 꼿꼿히 서 있었다. 새로 칠해 놓은 단청이 섬뜩할 정도로 붉었다.

연화가 수령한테 불려 간 건 해가 질 무렵이었다. 내실에 앉아 초조하게 부름을 기다리던 연화는 관비로 보이는 아낙에게 이끌려 수령 방으로 들어갔다.

여느 양반집과 다름없는 방 안에 군수 김수용이 앉아 있었다. 수령 복장이 아닌 흰색 모시 바지저고리에 탕건을 쓴 채 보료에 몸을 기대고 있었다. 연화는 마른침을 꿀꺽 삼켰다. 김수용의 얼굴을 보니 갑작스레 기가 질리는 기분이 들었다. 한성 중전 마마만큼이나 영기가 드센 사람이었다. 그보다 더하면 더했지, 결코 덜하지 않았다. 아문을 들어설 적부터 기운이 심상치 않았다. 정신을 바짝 차리지 않으면 그의 기세에 눌릴지도 모를 일이었다. 연화는 마음을 다잡고 큰절을 올렸다.

"으음…… 생각보다 어린 계집이구나."

김수용이 연화를 위아래로 훑어보며 느릿느릿 말을 꺼냈다. 수령이라 하여 중늙은이일 줄 알았는데, 그 또한 그다지 나이 들어 보이지 않았다. 서른 중반이나 되었을까.

"가까이 다가오너라."

김수용이 그대로 보료에 기댄 채 연화에게 손짓했다. 연화는 시키는 대로 그 앞으로 다가가 앉았다.

"일전에 네가 한성 궁궐을 다녀왔다지?"

"그러하옵니다."

"중전 마마를 뵈옵고 왔더냐?"

"그러하옵니다."

"어떠하더냐? 중전 마마는 안녕하시더냐?"

"근심이 드신 얼굴이셨지만 눈에 띌 만한 변고는 없는 듯하셨습니다."

"궁궐을 드나드는 무녀라……. 네가 무녀로서 최고로 출세를 했구나."

한성 궁궐 이야기를 꺼내는 걸 보니 그쪽 소식을 알고 싶은 거였다. 연화는 대답을 하는 중에도 연신 머릿속을 굴렸다.

"내 너를 부른 이유가 궁금하더냐?"

속을 들킨 것만 같아 연화는 눈이 둥그레졌다. 눈이 마주치자 김수용은 구렁이처럼 능글맞게 눈웃음을 친다. 거구의 몸이 똬리를 튼 뱀처럼 징글징글했다. 교활하기 짝이 없는 사람이었다. 말꼬리를 이리저리 돌리기만 할 뿐 좀처럼 본심을 드러내지 않는다. 중전 마마를 뵐 적에도 들지 않았던 기분이었다. 중전 마마를 뵐 적에는 그저 두렵고 안쓰럽고 안타까울 뿐이었다. 하지만 이 작자한테서는 더러운 기운이 느껴졌다. 영기가 억셀 뿐만 아니라 탁하기 그지없다. 쓰레기와 같은 영을 품은 자였다. 연화는 구역질이

날 것 같은 속을 겨우 다스렸다.

"소녀 왜 이곳에 불리어 왔는지 궁금하기 이를 데 없습니다."

뜸을 들인 뒤 고개를 조아리며 말했다.

"허면 내 말해 주마. 내 스물둘에 대과에 급제를 하였느니라. 장원은 아니고 방원이었으나, 앞날이 꽤 창창하였지. 궁에서 행정 보는 자리를 열 해 가까이 보전하고 있었으니 말이다. 한데 의정부 관직을 눈앞에 두고 지방 관리로 내려오지 않았겠냐. 하여 내 언제쯤 한성으로 복직할 수 있을지, 참으로 궁금하구나. 스물둘에 대과급제한 내가 이런 한직에 머물러 있는 게 가당키나 하겠느냐?"

야심 또한 분에 넘치게 큰 사람이었다. 소문에 의하면 김수용은 한성에서 관직을 할 적에 부정을 저질렀다 했다. 금괴인지 금송아지인지를 받아먹은 게 들통나 좌천되었다 했다. 저런 자가 한성 중앙 관리에 복직된들 나라에 무슨 이득이 될까. 저런 자들이 늘어난다면, 백성들은 이보다 더 많은 수탈과 굶주림을 견뎌야 할지도 몰랐다. 그런데 놈은 참으로 희한한 사주를 타고났다. 갑오년, 그러니까 바로 올해 죽지 않으면 여든 먹도록 장수할 팔자였다. 그러면 그가 원하는 대로 머지않아 한성에 복직될 것이었다. 게다가 마흔 중반이 넘어서면 운수대통이었다. 연화는 그의 대통한 운세에 치를 떨었다.

"금년과 내년은 어려울 듯하오나 내후년에는 한성으로 복직될 듯하옵니다."

연화는 그렇게만 말해 주었다. 살을 피해 목숨을 건지라는 말을 해 주고 싶지 않았다. 그의 기분을 북돋아 주어 오로지 집으로 돌아갈 생각뿐이었다.

"참말로 그리 될 것 같으냐? 내후년에 내 한성 관리로 복직된다 이 말이지?"

"그러하옵니다. 사또 나리 관상을 보니 그리 나오더이다."

김수용이 호탕하게 웃었다. 좀처럼 마음을 드러내지 않더니 주책 맞을 정도로 기뻐했다.

살아 있는 동안만이 최고라고 믿는 자였다. 그러니 온갖 악행을 저지르고도 뉘우칠 줄을 몰랐다. 실컷 웃어 보라지. 연화는 그의 얄팍함을 한껏 비웃었다. 이승의 삶이 찰나라면 저승에서의 삶은 영원이었다. 찰나의 시간들을 위해 아등바등대는 김수용은 어리석기 짝이 없는 자였다. 불지옥의 삶이 어떤 것인지, 죽어서나 절절히 깨달을 운명이었다. 연화는 그한테는 영원의 삶을 위해 덕을 쌓으라는 말조차 하고 싶지 않았다. 김수용은 그만큼 저질스러운 인간이었다.

사방에 켜놓은 촛불이 너울거리는 그림자를 만들었다. 한참을 호방하게 웃고 난 뒤 김수용은 연화를 지그시 바라보았다. 연화는 수그린 고개를 더욱 떨구었다. 음탕한 눈빛이 온몸을 감싸는 듯해 진저리가 났다.

"네가 비록 무녀일지라도 이리 좋은 소리를 들으니 고맙기 짝이 없구나. 네 말대로 내 두 해 뒤에 한성으로 가게 된다면, 너에게 상을 내려 주마. 아니, 용한 무녀를 곁에 두어 부귀영화를 누려 볼까나?"

연화는 이건 또 무슨 수작인가 싶었다. 참말로 공치사를 해 준다 해도 하나 반갑지 않을 거였다. 저를 떠보는 소리이기는 하나 내도록 곁에 두겠다니! 소름이 오소소 돋을 일이었다.

"그리 말씀해 주시니 송구합니다. 허나 무당인 제가 원하는 게 무어 있겠습니까? 바라는 게 있다면, 저를 어서 이곳에서 나가게 해 주는 것이옵니다. 날은 어둡고 갈 길이 머니 그저 암담할 따름이옵니다."

"허허허……."

김수용이 또 한바탕 큰소리 내어 웃었다. 천장이 들썩대도록 크게 웃더니 일순간 웃음기를 싹 거두고 연화를 뚫어져라 바라보았다. 연화의 속을 꿰뚫고도 남을 눈빛이었다.

"미색일 뿐만 아니라 영리하기까지 한 무녀로구나. 참으로 재치도 있게 이곳을 빠져나갈 궁리를 하고 있어."

그의 눈빛이 촛불처럼 이글거렸다. 하지만 이제 연화는 그의 눈을 피하지 않았다. 당돌할 만큼 바른 자세로 앉아 그의 눈을 마주 보았다. 부처님의 뜻대로 하소서. 자신을 부처님께 온전히 맡긴 채 마음으로 불경을 외웠다. 두려움이 차츰 가시면서 마음이 편안해졌다. 그래, 실컷 지껄여 보아라. 김수용이 어떤 분부를 내려도 견딜 수 있을 것 같은 오기가 났다.

"오냐, 네 그리 원하니 고이 보내 주마."

김수용이 인심 쓰듯 말했다. 연화는 깊은 숨을 내쉬었다. 고개를 떨구고 방바닥에서 너울거리는 그림자들을 바라보았다. 구 척이나 될 듯한 거구의 그림자가 삼킬 듯 연화를 보고 있었다. 김수용의 기세에 연화는 다시금 목이 조여 오는 듯했다.

내실 밖에는 아낙이 기다리고 있었다. 아낙은 연화를 보며 안쓰러운 듯 혀를 끌끌 찼다. 밖은 칠흑처럼 어두웠다. 아낙을 따라 중문 밖으로 나온 연화는 주위를 두리번거렸다.

"이보세요, 아주머니, 옥사가 어디쯤 있답니까?"

연화의 물음에 아낙이 걸음을 멈췄다.

"옥이야 동헌 서쪽에 있소만 무슨 일로 그리 묻소?"

"허면 내 꼭 만날 사람이 있으니 그리 좀 안내해 주세요. 얼굴만 잠시 보고 올 테니 부탁 드려요."

"옥사를 함부로 드나들다 불호령이라도 떨어지면 어찌하려 그러오? 보살 얼굴이 말이 아니니 그냥 돌아가 쉬는 게 신상에 좋을 듯싶소."

"아주머니, 그리 마시고 부탁드려요. 곧 참수형에 처할 사람이 자꾸 눈에 어른거려 그런답니다. 얼굴이라도 보고 가면 내 마음이 편할 듯싶어 그래요."

아낙이 난감한 표정을 짓더니 고개를 설레설레 흔들었다. 그러고는 마땅치 않은 얼굴로 발걸음을 돌렸다.

"다 왔소. 내 뒷일은 모르니 보살이 알아서 하시오."

"여부가 있겠어요. 참말 감사드려요."

창을 든 병졸들이 옥사 문 앞에 턱 버티고 있었다. 아낙마냥 인정이 통하지 않는 자들일 터였다. 연화는 저고리 춤에 넣어 놓은 주머니를 꺼내들었다.

"병졸 나리, 내 저 안에 있는 사람을 만나러 왔는데 잠시만 들여보내 주세요."

당치도 않다는 듯 병졸들이 허, 하며 허공을 올려다보았다. 연화는 은전이 든 주머니를 꺼내 그들에게 내밀었다. 병졸들이 주위를 둘러보더니 냉큼 받아들었다. 위아래 할 것 없이 금품이 통하는 곳이었다. 관아는 썩을 대로 썩어 진창과도 같은 곳이었다.

"죄인이 누군데 그러오?"

"새미골 장돌 아범이라 합니다."

"장돌 아범이라 하면 양가를 말하는군. 허면 나를 따라오시오."

연화는 병졸을 따라 옥사 안으로 들어갔다. 나무 창살로 만들어진 옥 안에는 시루에 든 콩나물처럼 죄인들이 빽빽이 들어앉아 있었다. 참, 많이도 잡아다 놓았구나. 연화는 기가 찰 노릇이었다. 그들 중 몇몇은 아예 곤죽을 당했는지, 연신 끙끙 앓는 소리를 냈다.

조금 더 걸어가자 독방에 칼을 쓰고 앉아 있는 남자의 모습이 보였다. 장돌 아범이었다.

"잠시만 보고 오시오."

병졸이 퉁명스레 내뱉더니 밖으로 나갔다. 장돌 아범은 퀭한 얼굴로 연화를 물끄러미 보고만 있었다. 살점 하나 없는 얼굴에 허옇게 부르튼 입술, 풀어헤쳐진 머리카락이 곧 죽을 사람임이 한눈에 들여다보였다. 연화는 죽음의 그림자가 드리워진 그의 얼굴을 안타깝게 바라보았다.

"장돌 아범, 대나무골 연화라 합니다. 연꽃무당이라 하면 혹 들어 보셨는지요?"

연꽃무당이라는 말에 장돌 아범이 겨우 아는 척을 했다.

"보살이 무슨 일로 예까지 찾아왔소?"

연화는 서둘러 치마 말기에 매어 놓은 주머니에서 부적을 꺼냈다. 그리고 나무 창살 안으로 손을 뻗어 장돌 아범에게 부적을 건넸다.

"어쩐지 마음이 이끌려 부적을 써 가지고 왔답니다. 내 장돌 아범을 살릴 능력은 없으나 조금이라도 편히 해 드리고 싶어 이리 찾아왔어요. 하니 무슨 일이 있어도 부적을 몸에 지니고 계세요. 어떤 경우에라도 마음이 평화로워질 것입니다."

"고맙소. 생면부지인 보살께서 이리 마음을 써 주니 벌써부터 마음이 편안해지는 것 같소."

장돌 아범의 눈에 눈물이 고였다.

나모라 다나다라 야야 나막알약 바로기제 새바라야……

연화는 눈을 감고 신묘장구대다라니를 외웠다. 거룩하신 관세음보살님께 귀의합니다. 모든 공포를 막아 주시는 성스러운 관자재보살님께 귀의하여 그 거룩하신 뜻을 펼치게 하소서. 연화는 불경을 외우면서 마음으로 빌고 또 빌었다. 제 참마음이 한 맺힌 저 남자에게로 통하게 하소서. 그리하여 무슨 일이 있어도 그의 마음에 평화가 깃들게 하소서.

집으로 돌아오는 길, 관아거리 한쪽에서 마루가 기다리고 있었다. 연화는 눈물이 날 정도로 마루가 반가웠다. 마치 전장을 다녀온 병사라도 된 기분이 들었다.

"아씨, 별고 없으셨어요?"

마루가 연화를 찬찬히 살피며 물었다. 눈빛에 안쓰러움이 가득 배어 있었다.

"내 별고 있었다면 예서 너를 만나기라도 하겠니?"

의연한 연화의 말에 마루는 빙긋 웃었다. 하지만 곧 낯빛이 바뀌었다.

"내 그 작자가 아씨를 어찌했다면 가만 있지 않으려 했어요."

마루는 저도 모르게 두 주먹을 불끈 쥐었다. 분노가 들어찬 눈이 어둠 속에서 빛을 발했다.

"네가 함부로 나설 일이 아니야. 내 일은 내 알아서 해."

"아씨, 그런 말 마세요. 그자는 파렴치한 인간이에요. 여자라면 가리지 않고 모두 탐한다 했어요. 지아비가 있는 아낙까지 겁탈하는 천하의 망종이에요."

연화가 멈춰 서서 마루를 지그시 보았다. 마루가 꽉 쥔 주먹을 스르르 풀었다.

"헌데 그자가 왜 아씨를 불렀답니까?"

"그 속이야 다 알지 못하겠지만, 제 사리사욕을 채우는 데 내 영기가 소용되었을 테지."

"그만하기 천만다행이에요. 한데 그자가 후에라도 아씨를 또 부를 작정일까요?"

"글쎄다……."

말끝을 흐리는 연화의 얼굴이 쓸쓸해졌다. 다시 부른다면 또 보아야 할 거였다. 제가 영영 사라진다면 모를까, 그자는 분명히 저를 다시 부를 터였다. 자기 자신을 위해 미래를 점쳐 본 일이 없는 연화는 가슴이 먹먹했다. 다시 불려 간다면, 오늘처럼 쉬 나오지 못할 것만 같았다. 심한 모욕을 주어 저를 만신창이로 만들어 놓을지도 모를 일이었다.

이십 리를 다시 걸어 고을로 들어올 무렵이었다. 마루가 조심스레 말을 꺼냈다.

"아씨, 어서 어머니한테 가 보세요. 어머니가 종일 음식을 입에 대지 않았어요. 저는 볼 일이 있어 그만……."

머뭇대는 마루를 연화는 빤히 쳐다보았다.

"허면, 너는 다른 데로 갈 테고? 이 시각에 또 밖으로 나갈 참이니?"

물어 놓고 나니 연화는 마음이 허전했다. 오늘 밤만이라도 집에 있어 주지. 내 맘이 이리 허한데 가까운 곳에 머물러 주지. 하지만 마루는 대답이 없었다. 꾸벅 절을 하더니 휘적휘적 어둠 속으로 사라져 버렸다. 휴…… 연화는 긴 숨을 내쉬었다. 망아지마냥 날뛰는 놈의 목에 쇠줄이라도 매달아 놓고 싶은 심정이었다.

어머니가 사립문 밖까지 나와 연화를 맞이했다. 정말 하루 내내 음식을 먹지 않았는지 안 그래도 작은 얼굴이 반쪽이 되어 있었다. 마음고생이 심한 탓에 안색도 누렇게 떠 있었다. 하지만 어머니는 아무것도 묻지 않았다. 이것저것 궁금한 게 많을 터인데, 묵묵히 연화의 시중만 들었다.

"어머니, 아무 탈 없었답니다. 그러니 걱정 마시고 편히 주무세요."

내내 잠자코 있던 연화가 밥상을 물리는 어머니에게 말을 건넸다. 그러지 않으면 어머니는 밤새 잠을 이루지 못할 것이었다. 어머니 방에서 긴 한숨 소리가 흘러나왔다. 등잔불이 꺼지더니 사위가 적막해졌다. 비로소 연화는 신단 앞에 앉아 마음을 깨끗이 다스렸다.

사경이 지난 시각이었다. 신방에서 기도를 드리다 잠이 든 연화는 옅은 기척에도 번번이 눈을 떴다. 꿈인지 생시인지 귀신들이 희끗희끗 보였다.

연화는 자리에서 벌떡 일어나 염불을 외웠다. 하지만 다시금 졸음은 몰려오고, 시커먼 기운들이 머리 위를 휘릭휘릭 스치고 지나갔다. 무슨 일로 잡귀들이 신단 앞에까지 몰려와 우글거릴꼬. 연화는 눈앞에서 날뛰는 귀신들을 가만히 살펴보았다. 몰골이 흉측하기 짝이 없는 것들이었다. 거인처럼 커다란 몸뚱어리는 불이 붙은 듯 시뻘겠고, 이마에는 도깨비마냥 눈알이 붙어 있었다. 죽을힘을 다해 염불을 외우는 연화 둘레로 서넛 놈이 모여들었다. 금방이라도 목을 내리칠 듯 불칼을 휘둘러 댔다.

"네 이놈들, 지옥에나 가만 있을 것이지. 썩 물러가지 못할꼬!"

연화가 악을 썼다. 하지만 염불도 발악도 소용없었다. 귀신들은 불칼을 휘두르며 연화 곁으로 점점 다가올 뿐이었다. 아무래도 이길 수 없는 싸움인 듯했다. 연화의 힘으로는 귀신들을 내쫓을 수가 없었다. 내쫓을 수 없다면, 고통을 견디는 수밖에 없었다. 사지가 찢어지도록 커다란 고통일 터였다. 끓는 물에 수백 번 담금질을 당해야 할 고통일 터였다. 연화는 두려워 온몸을 벌벌 떨었다.

마침내 귀신들이 연화의 목에 불칼을 내리치는 순간이었다.

"아악!"

연화는 비명을 지르며 방바닥으로 꼬꾸라지고 말았다. 기겁한 중에도 두 손으로 제 목덜미를 더듬어 보았다. 목은 아직 온전한데, 방 곳곳에는 피가 튀어 있었다. 끔찍하게도 방 한구석에 머리통 하나가 떨어져 있는 게 보였다. 아…… 연화는 두 눈을 질끈 감았다. 아찔한 속에서도 그 머리의 주인이 누구인지를 알아챘다.

"그이가 죽었구나……. 장돌 아범이 죽었어!"

연화는 온몸에서 기가 다 빠져나갈 지경이었다. 엉금엉금 기어 방문 가까이 다가갔다. 방문을 활짝 열고 문지방을 짚은 채 저 너머를 내다보았다. 동쪽 산봉우리 사이로 해가 떠오르고 있었다. 참으로 고통스러운 하루가 시작될 참이었다.

🍃 이루지 못할 사랑

은초롱을 앞세우고 연화는 새미골을 향해 걸어갔다. 목이 잘린 채 돌아온 남편의 시신을 보고 장돌 어멈이 혼절했다 들었다. 식음을 전폐하고 며칠째 앓아누워 있다고 했다. 장돌 어멈마저 세상을 등질까, 연화는 급한 마음에 발걸음을 재촉했다.

장돌 아범이 참수된 그 이튿날부터 온 고을이 뒤숭숭했다. 사람들은 혀를 차며 죽은 장돌 아범 이야기를 했고, 김수용의 악행에 치를 떨었다. 그 소문이 관아에까지 흘러 들어가 김수용은 미친 듯이 날뛰었다. 장정이 서넛만 모여도 잡아가 옥에 가둬 놓기를 일삼았다. 죄인을 다시 끌어내 곤장을 쳐 대기 일쑤였다. 켕기는 바가 있는 게 분명했다. 백성들이 떼로 몰려 관아를 습격할까 지레 겁을 먹은 거였다. 장돌 아범의 참수형은 악행의 본보기일 뿐 뚜렷한 명분이 없었다.

사립문을 열고 들어간 마당 안은 괴괴할 정도로 고요했다. 연화는 초여름 햇살이 내리쬐는 마당에 서서 집 안을 둘러보았다. 먼지가 내려앉은 툇마루며 음식 냄새 하나 없는 부엌이 살림에서 손을 놓은 지 꽤 오래된 듯했다.

'하긴 무슨 정신이 있어 살림을 할까.'

연화가 살림살이를 둘러보는데 방문이 벌컥 열렸다. 대여섯 살쯤 보이는 남자아이가 연화와 은초롱을 물끄러미 바라보았다. 배를 곯았는지 푹 꺼진 두 눈이 퀭했다.

"네가 장돌이니?"

연화의 물음에 남자아이가 고개를 끄덕였다. 그러고는 누워 있는 제 어미를 맥없이 돌아보았다.

"윗동네에서 왔단다. 내 좀 들어가도 될까?"

연화가 조심스레 묻자 장돌이는 또 고개만 끄덕끄덕했다.

장돌 어멈은 연화를 보고 두 눈만 끔뻑였다. 기운이라고는 눈 씻고 찾아봐도 없는 모습이었다. 도로 스르르 감는 눈가로 눈물이 맺혔다. 계집아이로 보이는 아기가 장돌 어멈 옆에서 죽은 듯이 잠을 자고 있었다. 돌쯤 보이는 아기도 제 어미마냥 얼굴에 살점 하나 붙어 있지 않았다. 머리맡에는 동네 아낙이 가져다 준 죽 그릇이 놓여 있었다. 손을 댄 흔적이 없는 죽 위로 파리 떼들이 날아다녔다.

"장돌 어멈, 연꽃무당이에요. 나를 알아보시겠어요?"

장돌 어멈이 천천히 고개를 끄덕였다.

"허면 일어나 우선 저 죽이라도 좀 드세요. 이리 해서 어찌 살려고 그래요?"

하지만 장돌 어멈은 눈물만 흘릴 뿐이었다. 안 그래도 깡말라 있던 아낙이 숫제 뼈만 앙상했다. 허옇게 메마른 입술은 가문 날 논바닥처럼 쩍쩍 갈라져 있었다. 속이 타서 아주 새까매진 거였다. 장돌 어멈의 병세는 심장에 열이 차서 생긴 화병이었다. 연화는 심장을 다스리는 약재를 몇 첩 들고 온 터였다. 하지만 와서 보니 그뿐이 아니었다. 장돌 어멈에게는 원귀가 붙어 있었다. 연화는 그 원귀가 누구인지 곧 알아보았다. 바로 장돌 아범의 혼이었다. 죽은 지 여드레가 지났지만 원통하여 이승을 뜨지 못하고 장돌 어멈 몸에 달라붙어 있었다. 차마 가련한 식구들을 두고 떠날 수가 없는 것인지도 몰랐다.

"장돌 어멈, 내 드릴 말씀이 있네요. 놀라지 마시고 맘 편히 들으세요. 장돌 어멈이 이리 앓는 게 아무래도 장돌 아범의 원귀 때문인 것 같아요. 평소 다정했던 분들이라 죽어서도 쉬 떨어지지 않을 참인가 봅니다. 허나 내게 맡겨 주세요. 어서 떠나시라고 말씀 드려 볼게요. 그래야 장돌 어멈이 하루 빨리 일어날 수 있답니다."

"아이고, 장돌이 아버지……"

장돌 어멈이 소리 내어 울기 시작했다. 그 소리에 갓난아기가 잠에서 깨어 사정없이 울어 댔다.

"은초롱아, 아기 업고 어서 밖으로 나가 있어. 장돌이도 함께. 어서!"

아이들이 나간 뒤에도 장돌 어멈은 울음을 그치지 않았다. 저러다 까무러치지 싶을 정도로 목놓아 울었다. 울면서도 가끔씩 눈을 부릅뜨고 허공을 둘러보았다. 장돌 아범의 혼을 만날까 싶은 것이었다. 하지만 장돌 어멈의 눈에 장돌 아범의 혼이 보일 리 없었다.

"장돌 어멈, 그만 우세요. 혼을 달래야 하는데 그리 우시면 정신을 모을 수가 없답니다."

장돌 어멈이 이를 악물었다. 터져 나오는 울음을 억지로 삼키고 있었다.

연화는 장돌 어멈의 이마 위에 살며시 손을 얹었다. 신기를 불러 모으기 위해 눈을 감고 주문을 외웠다. 흐릿하게 보이던 장돌 아범의 혼이 선명하게 드러났다. 슬픔에 찬 눈으로 하염없이 제 안 사람을 내려다보고 있었다. 연화는 공수를 하면서 연신 눈물을 뚝뚝 흘렸다. 장돌 아범의 마음이 그대로 전해져 저절로 눈물이 솟구쳤다.

"장돌 아범, 내 이리 찾아와 부탁드려요. 이승에서 맺힌 원한 훌훌 털어 버리고 어서 저 세상으로 떠나세요. 살아생전 두 내외 사이가 좋아 헤어지기 싫은 줄 알지만, 이제 이곳에 머무르면 아니 됩니다. 장돌 아범과 식구들에게 좋을 게 하나 없어요."

연화가 눈물을 흘리며 애원해도 소용없었다. 장돌 아범은 고개를 가로저으며 애처로이 아내를 보고만 있었다. 그도 안타까운 것이었다. 바로 곁에 있는데, 저를 알아보지 못하는 아내가 안타까워 속이 타들어 갔다. 장돌 아범의 혼이 장돌 어멈의 몸을 감싸며 스며 들어갔다.

"장돌 아범, 어서 떠나라는데 어찌 어멈의 몸속으로 들어가시나요? 그리하면 어멈도 얼마 살지 못해요. 어린아이들이 있는데 참말 그리길 바라는 건 아니지요? 어멈과 아이들 걱정일랑 말고 얼른 떠나세요. 장돌 아범을 기억하며 살 사람들이랍니다. 작은 풍파 큰 풍파 모두 다 겪어도 굳건하게 견디고 살아갈 사람들이랍니다. 그러니 아무 걱정 마시고 어서 멀리멀리 떠나세요."

연화가 장돌 어멈의 얼굴을 어루만지며 애원했다. 연화의 손길에 장돌 어멈은 참았던 울음을 터뜨리고 말았다.

"아이고, 장돌 아버지, 보살님 말씀 듣고 어여 좋은 데로 가세요. 나는 당신 따라 못 갑니다. 우리 장돌이 꽃님이 두고 어찌하라고 그럽니까? 아이들 다 크면 그때나 당신 따라갈 테요. 장돌 아버지, 아이고, 장돌 아버지……"

마침내 장돌 어멈이 지쳐 쓰러지고 말았다. 그제야 장돌 아범이 장돌 어멈의 몸에서 스르르 나왔다.

"장돌 아범, 이제 마음을 정하셨어요?"

장돌 아범이 눈시울을 붉히며 고개를 끄덕였다.

"잘 생각하셨어요. 그리하는 게 순리랍니다. 내 장돌 아범을 위해 기도 드릴게요. 부디 좋은 데 가세요. 좋은 데 가셔서 먼 훗날 식구들을 맞이하세요."

연화의 정성 어린 기원에 장돌 아범이 자리를 털고 일어났다. 못내 그리워 장돌 어멈을 두어 번 돌아보더니 훨훨 허공 속으로 사라졌다.

연화는 방바닥을 짚고 앉아 긴 숨을 내쉬었다. 한바탕 신기가 들고날 때면 몸이 천근만근이나 되면서 푹 가라앉아 버렸다. 제 몸 추스르기도 버거운데, 장돌 어멈이 몇 번이나 까무러치기를 반복했다. 연화는 비칠비칠 부엌으로 들어가 약탕기를 찾았다. 손수 불을 피우고 약을 달이기 시작했다. 철없는 아이들이 마당에서 까불어 대며 뛰놀고 있었다. 은초롱이 팔짝팔짝 뛸 때마다 등에 업힌 아기가 까르르 소리 내어 웃곤 했다.

죽을 먹고 기운을 차린 장돌 어멈이 자리에서 일어났다. 연화는 장돌 어멈이 탕약을 한 사발 들이켜는 걸 보고 나서야 집을 나섰다. 날이 어둑해져 있었다. 갈 길이 바쁜데 은초롱이 속도 없이 징징댔다. 하루 내내 업고 있던 꽃님이를 데려다 키우자고 졸라 댔다. 장돌 어멈 밑에 있다간 아무래도 굶어 죽을 거라 했다. 제 동생 삼아 업어 키우겠다고 장담했다. 대꾸도 않는 연화 뒤를 따라오면서 은초롱은 질기게도 나불댔다.

어두운 집 안으로 들어가자 어머니가 마당에서 서성이고 있었다. 두 손을 맞잡고 서 있는 모습이 안절부절이었다. 무슨 일일까. 연화는 말없이 어머니의 얼굴을 살폈다.

"박 참판 댁 도련님이 오셨어. 서너 시간 전쯤 오셔서 손님방에서 내리 기다리고 계시단다. 글쎄, 양반 댁 자제 분이라 저녁으로 무얼 내드릴지 몰라 내 이러고만 있다."

어머니의 얼굴이 편치 않았다. 마땅치 않은 사람이었다. 이제 그만 딸아이와 인연이 끝나려나 했는데, 잊을 만하니 또 불쑥 들이닥쳤다.

연화는 화들짝 고개를 돌려 방문에 비친 세현 도령의 그림자를 바라보았다. 갓을 쓰고 왔을까. 도포를 입고 왔을까. 꿈에 그리던 그의 모습에 가슴이 떨렸다. 어서 달려가 그의 품에 안기고 싶었다.

"그만 좀 놓아 주지, 어인 일로 또 오셨을까나……."

어머니가 근심 든 얼굴로 중얼거렸다. 닿지 않을 인연이라는 뜻이었다. 연화에게 정신 차리고 그 인연의 사슬을 어서 뚝 끊으라는 뜻이었다. 연화는 입술을 꼭 깨물었다. 서글픔이 몰려들었다. 동시에 망치로 머리를 세게 맞은 듯 정신이 번쩍 들었다. 달려들어가 그의 품에 안기다니. 참으로 어리석기 짝이 없는 생각이었다. 도대체 어쩌자고 그이만 보면 이리 사족을 못 쓸까. 하지만 오늘은 내 말하리라. 어떤 식으로든 결론을 내리리라. 연화는 어머니를 외면한 채 방으로 들어갔다.

연화를 보고 세현 도령이 환하게 웃었다. 웃는 모습이 여름날 담벼락 밑에 피어 있는 함박꽃처럼 탐스러웠다. 그 아름다움에 끌릴까, 연화는 짐짓 눈을 내리깔았다. 등잔불 밑에 펼쳐져 있는 서책에 하릴없이 눈을 두었다.

"이젠 일을 보러 밖으로 다니느냐?"

"아니어요. 내 각별히 마음 가는 아낙이 있어 그네를 보러 갔답니다."

"그네가 혹 지난번에 참수당한 장돌 아범이란 자의 안사람이더냐?"

"그러한데, 어찌 도련님이 그 일을 다 아십니까?"

"알다마다! 온 고을 사람들이 모두 죽은 장돌 아범 이야기를 하는데 나라고 못 들었을까. 여하튼 아낙은 좀 어떠하더냐?"

"방도를 쓰고 약을 먹였으니 차차 나아지겠지요."

"네가 참으로 대견하구나. 가여운 자들을 돌보는 마음 또한 한량없고."

"도련님, 헌데 기별도 없이 어인 일로 예까지 오셨어요?"

연화는 진작에 묻고 싶은 이야기를 꺼냈다. 세현 도령은 묻는 말에 대답은 않고 연화를 뚫어지게 보기만 했다. 연화의 얼굴이 발갛게 달아올랐다. 심장이 어찌나 세게 뛰는지 귓불까지 발개졌다.

"참, 어머니한테 저녁상을 올리라 할까요? 아직 식전인 줄로 알고 있는데요."

"아니, 그럴 것 없다. 너를 보니 내 먹지 않아도 배가 부르다."

"그리 말씀 마세요. 부끄럽습니다."

연화는 얼굴이 더욱 붉어져 고개를 돌렸다.

"내 네 생각이 간절해 오늘은 못 참고 단숨에 달려왔단다. 지난달에 너를 잠깐 보고 공부도 하지 못했어. 아니, 밤잠까지 설쳤더니 내 꼴이 아주 말이 아니구나. 네가 무녀가 아니라면 얼마나 좋을까 생각했단다. 네가 나비라면, 꽃이라면 내 곁에 두어 내도록 지켜볼 수 있을 터인데 하면서……."

연화는 고개를 들고 세현 도령의 얼굴을 찬찬히 살폈다. 해님과도 달님과도 같은 세현 도령의 모습에 새삼 눈이 부셨다. 하지만 닿지 못할 그 고귀함 앞에서 불현듯 기가 푹 꺾이고 말았다. 서글픈 생각에 가슴이 미어지는 것만 같았다.

"도련님, 어쩌자고 그리 마음을 보여 주십니까?"

연화는 입술을 꼭 깨물었다. 느닷없는 물음에 세현 도령의 낯빛이 바뀌었다.

"도련님, 제 말씀 잘 들으세요. 소싯적에 마음이 끌려 서로 연모한 적이 있으나 이제는 그리 할 수 없는 사이입니다. 더구나 도련님한테는 정혼한 여인이 있고, 머지 않아 혼인을 할 테지 않아요?"

"내 그리해서 이리 속이 타는 것 아니냐?"

"허면 소녀더러 어찌하란 말씀인가요?"

다그치는 물음에 세현 도령은 대꾸를 하지 못했다.

"이제는 마음이 돌아선 거냐?"

잠시 뒤에 쓸쓸히 물었다.

"그리 말씀 마세요."

"아니, 난 꼭 들어야겠다. 네가 나를 멀리 하고자 한다면 내 다시는 오지 않으마."

"몰라 그리 묻습니까?"

연화의 눈에 핏발이 섰다. 어쩌자고 이리 마음을 흔들어 놓는지, 야속할 따름이었다.

"허면, 소녀 한 가지 묻겠습니다. 도련님, 진정으로 저를 연모하시나요?"

"너를 연모하느냐고? 그걸 몰라 그리 묻느냐?"

"그리하시면 정혼한 여인을 버리시고 저를 곁에 두세요. 그리할 수 있는지요?"

세현 도령은 할 말을 잃은 듯 아무런 대답을 하지 못했다. 애가 탄 듯 기가 찬 듯 연화를 멀뚱히 보고만 있었다.

"연화야, 너 오늘 어찌 내 속을 이리 애닳게 하느냐. 그리할 수 없는 걸 너도 알면서 무슨 이유로 그리 묻는 게냐?"

"그리 못 하신다는 말씀이군요. 역시 그러하군요. 맞습니다. 명문 대가집 자제 분이 어찌 저같이 천한 계집과 혼인을 할 수 있겠어요? 당치도 않는 소리지요."

"네가 그리도 내 마음을 모르겠더냐? 이러지도 저러지도 못해 내 속 또한 까맣게 타들어 가는데! 죄가 있다면 너를 연모한 것밖에 없느니라."

"그리 말씀 마세요. 저를 곁에 두지도, 책임도 지지 못하시면서 어찌 연모한다 하세요. 진정으로 저를 연모하신다면 야밤에 둘이서 줄행랑이라도 쳐야 하는 것 아닌가요?"

세현 도령의 얼굴이 아연해졌다.

"도련님, 말이 지나침을 용서하세요. 허나 오늘 저는 진정으로 연모하는 게 무언지 보고 왔답니다. 장돌 아범의 혼이 이승을 뜨지 못하고 장돌 어멈 몸에 달라붙어 있었어요. 못 잊어, 못내 그리워 제 아낙한테 죽기 살기로 매달려 있었답니다. 하여 드는 생각이 이러했습니다. 참말로 연모한다는 건 죽어서도 잊지 못해 님 곁에 매달리는 것이구나 했지요. 가련한 그네들이 참 부러웠답니다. 살아생전 좋은 마음 실컷 드러내 보여 주고, 죽어서도 영원히 잊지 않으리라 맹세를 하는 것 같았거든요. 도련님, 제게 그리할 수 있는지요?"

연화가 눈물 어린 눈으로 세현 도령을 바라보았다. 세현 도령도 눈시울을 붉히며 고개를 떨구었다.

긴 침묵이 흘렀다. 연화는 마음 약한 세현 도령이 지금 얼마나 상처를 받았을지 헤아렸다. 그러자 그가 안쓰러워 견딜 수가 없었다. 하지만 언젠가는 맞닥뜨려야 할 일이었다. 상처가 두려워 닿지 못할 인연에 질질 끌려다닐 수는 없었다.

'그저 사랑 놀음일 뿐이야……'

연화는 세현 도령과의 인연을 한껏 비하했다. 그러나 가슴이 더욱 아려 왔다. 수십 개의 바늘이 일시에 콕콕 찌르는 듯한 통증이 몰려왔다.

"밤이 깊었습니다. 도련님, 어서 일어나세요."

연화는 울음을 삼키며 말을 꺼냈다. 세현 도령의 눈빛이 더욱 애절해졌다.

"이게 마지막이라는 게냐? 우리가 마주하는 시간이 정녕 이게 마지막이라는 게냐?"

 연화는 그를 외면한 채 고개를 끄덕였다. 고개를 떨구고 방바닥을 바라보았다. 그를 마주 볼 자신이 없어서였다. 그와 눈이 마주친다면, 애써 쏟아 놓았던 말들을 모두 물려 버릴 것만 같아서였다. 진심이 아니었노라고. 어쩌면 정말 그렇게 말해 버릴지도 몰랐다.

 세현 도령이 방문을 열고 밖으로 나갔다. 사립문 밖까지 그를 배웅한 사람은 어머니였다. 연화는 방 안에 앉아 기어코 참았던 울음을 터뜨렸다. 빛이 사라진 듯 막막하기 그지없었다. 하늘이 쪼개진 듯 참담한 기분이 들었다.

 밖에서 어머니가 그런 연화를 안타깝게 바라보았다. 방 안으로 들어가지도 못하고 마당에서 서성였다. 연화를 달랠 길이 없다는 걸 너무나 잘 알고 있어서였다. 울도록 내버려 두는 것 외에는 아무런 방법이 없을 터였다. 그러고 나면 차차 아물어 들겠지. 하지만 그 모진 고통을 어찌 견뎌 내야 할까.

 어머니는 두 손 모아 합장했다. 딸아이가 살아가는 동안 이보다 더한 고통이 없기를 기원했다. 더 많은 시간이 지나면 사랑도 아픔도 아무것도 아니었음을 깨닫길 바랄 뿐이었다. 정말로 그랬다. 먹고사는 일 외에 사람을 피 말리게 하는 일 따위는 세상에 없었다. 그 사실을, 연화가 어서 빨리 깨우치길 바랄 뿐이었다.

능욕당하는 건 껍데기일 뿐

대웅전 밖으로 빗소리가 거셌다. 들창을 뒤흔드는 소리에 연화는 기도를 멈추고 뒤를 돌아보았다. 장대비가 퍼붓고 있었다. 세상 천지가 온통 빗소리에 잠긴 듯 장엄히 내리는 비였다.

상은사. 천안 산기슭에 있는 이 절에 온 지 벌써 열흘이 지났다. 어느 날 문득 연화는 상은사가 보고 싶었다. 어릴 적 할머니 천순 무당을 따라 일 년에 한두 차례씩 다녀가곤 했던 곳이었다. 무당이면서도 할머니는 유독 절을 가까이했다.

몇 날 며칠을 걸어 상은사를 찾아온 건 몸과 마음을 추스르기 위해서였다. 세현 도령을 보내고 난 뒤 연화는 맥을 추지 못했다. 그 와중에 들이닥치는 손님맞이로 기가 허할 대로 허해 있었다.

이대로 가면 오래지 않아 탈진할 것만 같아 만사 제치고 이리로 달려왔다. 하지만 이보다 더 피치 못할 이유가 있었다. 보름 전쯤 관아 나졸들이 다시금 연화를 찾아왔다. 김수용이 보고자 한다는 것이었다. 마침 얕은 고뿔을 앓고 있던 연화는 아예 몸져누워 버렸다. 나졸들을 내쫓을 요량으로 크게 아프다는 핑계를 대었다. 하지만 몸져눕는 것도 한두 번이었다. 다시 찾아올 게 분명한 그들을 쫓을 핑계거리가 없었다. 금방이라도 김수용이 부를 것만 같았다. 그 생각에 내내 시달리다 보니 정말로 몸이 허해졌다.

"어머니, 혹 나졸들이 다시 찾아오면 먼 곳으로 기도 드리러 갔다 하세요."

연화는 어머니한테 그렇게 일러두었다. 어머니는 잔뜩 긴장했다. 나졸들이 다시 올 줄 뻔히 알면서도 '이 애, 그것들이 또 찾아올까?' 반문했다. 모르긴 몰라도 열흘 동안 나졸들이 서너 번은 찾아왔을 터였다. 어머니를 달래다 으르다 하다가는 제 풀에 지쳐 돌아갔을 것이다. 제가 없는 곳에서 행여 어머니가 봉변을 당하지는 않았을까, 연화는 마음이 편치 않았다. 안성으로 돌아가야겠다고 마음먹은 건 어머니 때문이었다. 한두 번도 아니고 변명하느라 어머니가 얼마나 궁색을 떨고 있을지, 눈에 선했다.

은초롱이 대웅전 처마 밑에서 주지 스님과 이야기를 나누고 있었다. 예순 줄에 접어든 노스님은 어린아이가 지껄이는 소리에 허허, 소리 내어 웃었다. 은초롱은 천성이 발랄하여 어디서나 귀염을 받을 아이였다. 가끔 막무가내로 똥고집을 부려 그렇지, 저절로 눈이 가는 아이였다. 은초롱이 나불대는 소리에 스님이 또 한바탕 크게 웃었다. 눈가로 하회탈 같은 주름이 자글자글 만들어졌다. 아이가 하는 것을 보고도 저리 웃을 수 있을 만큼 마음이 넉넉한 분이었다. 어느새 세월이 흘렀는지 밤톨처럼 자란 머리카락이 하얗게 세었다.

내리 퍼붓는 빗소리에도 두 사람이 나누는 소리가 들렸다.

"스님, 중이 되면 왜 머리를 박박 밀어요?"

은초롱이 속도 없이 물었다.

"왜? 너도 중이 되려 그리 묻니? 내 지금이라도 머리를 박박 밀어 주련?"

스님의 말에 은초롱이 펄쩍 뛰었다. 그러고는 꽃댕기 매어 둔 머리채를 두 손으로 움켜잡았다.

"아, 아니어요⋯⋯. 저는 중이 안 될 거예요. 이담에 크면 시집도 가고 또⋯⋯ 아기도 많이 낳아 꽃님이마냥 이쁜 딸을 업어 키울 거예요. 한데, 중이 되면 그리 못하지 않아요?"

은초롱이 야무지게 대꾸했다. 그 소리에 스님이 또 크게 웃어젖혔다. 허허허, 웃는 소리가 빗소리를 가를 듯 울려 퍼졌.

연화는 은초롱을 향해 밉지 않은 듯 눈을 살짝 흘겼다.

"은초롱아, 스님 앞에서 그리 함부로 말하면 못써!"

엄하게 타이르는데, 스님이 가로막고 나섰다.

"어린아이가 하는 소리 가지고 너무 나무라지 말아라. 너도 이 아이만 할 적에는 나를 할애비라고 불렀느니라."

연화의 얼굴이 발그스레해졌다. 그러고 보니 저도 기억이 났다. 스님을 보고 철없이 '할아버지, 할아버지' 하며 졸졸 따라다녔다. 할머니와 비슷한 나이였으니 제 눈에는 당연히 할아버지로 보인 것이었다.

"그래, 내가 할애비다. 할애비!"

그때도 스님은 웃으면서 그렇게 받아 주었다.

그런데 어떻게 그런 걸 다 기억하고 계실까. 수많은 사람들과의 인연이 제 몇 곱은 되었을 터인데, 오래 전에 아이가 한 소리를 다 기억하고 있었다. 마음이 참으로 한량없는 분이었다. 사람 하나하나를 마음 깊이 새기는 분이었다.

"스님, 내일은 그만 안성으로 돌아갈까 해요."

연화가 조심스레 말을 건넸다. 스님이 쏟아지는 빗줄기에 눈을 둔 채 대답했다.

"아무렴, 그리해야지. 너를 기다리는 사람들의 마음도 이제 그만 헤아려야지."

"스님, 송구해요. 아무것도 못 드리면서 저 아쉬울 때면 이리 불쑥 찾아와 신세를 지고만 있어요."

"당치 않는 소리. 네가 네 몸이더냐? 중이나 무당이나 어차피 중생을 구하는 길은 마찬가진 게야. 고단한 길을 가는 네가 참으로 대견하구나. 하니 아무 염려 말고 언제든 이곳으로 와 쉬어 가려무나."

"그리 말씀해 주시니 송구하기 짝이 없습니다."

"허면 오늘 하루 푹 쉬고 내일은 떠나도록 하여라."

"네."

스님이 내리는 비를 그대로 맞고 절 마당으로 내려섰다. 요사채로 가시려나. 오른쪽으로 돌아가는 모습이 그저 한가롭기만 했다.

떠날 생각을 하니 연화는 안성 집 생각이 간절했다. 발을 동동 구르고 있을 어머니와 허탕을 치고 돌아섰을 아낙들, 그리고 마루의 모습이 떠올랐다. 장돌 아범이 죽고 난 뒤 마루는 더욱 바빠졌다. 도대체 녀석은 코빼기도 보이질 않았다. 집을 떠나기 전날 밤, 연화는 며칠 만에 들어온 마루를 붙들고 앉아 이야기를 나누었다.

"내 천안을 다녀올 참인데, 없는 동안 어머니를 잘 돌봐 드려."

"천안이라면, 상은사를 다녀오시게요?"

마루가 느닷없다는 듯 물었다.

"잠시 쉬고 올 생각이야. 한데, 너 요즘 무슨 일이 있는 게니? 어찌 그리 얼굴 볼 일이 없니?"

묻는 말에 마루는 대답이 없었다. 말을 아끼려는 듯 연화를 가만히 보고만 있었다.

"네 꼴을 보면 마음이 불안해 견딜 수가 없구나. 고을 곳곳에서 봉기가 일어나고 있다던데, 혹 너도 그것과 관련되어 있니?"

정곡을 찌르는 물음에 마루의 얼굴이 굳어졌다. 안 하려던 이야기를 어렵게 꺼내고 말았다.

"아씨, 백성들이 봉기를 일으켰다면 다 그만한 이유가 있겠지요. 그동안 억눌린 분통이 서서히 터지는 것일 겝니다. 장돌 아범이 죽고 난 뒤 우리 고을에서도 계 사람들이 몇 배로 늘어났어요. 결집력도 전보다 강해져서 차돌처럼 똘똘 뭉쳤답니다. 그게 무얼 뜻하는 것이겠어요? 장돌 아범의 죽음을 그냥 두고 볼 수 없다는 뜻이겠지요. 모두들 제가 당한 것처럼 원통해하고 있답니다."

마루의 말대로 고을은 곧 뒤집어질 판이었다. 밤이고 낮이고 길을 걸어다니는 사람들이 뜸했고, 마주치면 쉬쉬하며 돌아섰다.

"어느 생명이든 귀하지 않은 게 있답니까? 이젠 그 작자들이 백성들을 주무르는 걸 더 보고 있을 수만은 없어요."

"참으로 내 맘이 편치가 않구나……."

하지만 그 순간 연화는 할머니 천순 무당의 말이 떠올랐다.

'비천한 것한테 언제나 마음이 더 가는 법이야. 가엽게 여긴다는 게 바로 관심이고 연모인 게지. 우리 같은 사람한테 그런 맘이

없으면 무당 짓을 못해.'

 할머니는 점사를 보러 온 사람들을 그냥 돌려보내는 법이 없었다. 배를 곯아 굶어 죽을 것 같은 아낙한테는 곡식을 들려 보냈고, 아파 죽을 것 같은 사람한테는 탕약을 지어 보냈다.

 할머니의 마음도 마루와 같았을까. 생각이 거기에 미치자 연화는 얼굴이 화끈 달아올랐다. 어쩌면 마루의 뜻이 옳을지도 모른다는 생각이 들어서였다. 그러나 열띤 마루의 얼굴을 보니 다시금 근심이 들었다.

 "난 네가 강가에 내놓은 어린아이 같아. 하여 말할 수 없이 불안해."

 "아씨, 걱정 마세요. 지난번에도 말했듯이 내 몸은 내 잘 보전합니다."

 "그리해야지. 마루야, 명심해. 어머니는 너를 우리 집 대들보로 생각하신단다. 네가 무너지면 식구들이 크게 상심할 거야. 알겠니?"

 마루의 얼굴에 슬픈 빛이 스며들었다. 그리 말하지 않아도 충분히 식구들을 가슴 깊이 품고 있는 터였다. 저를 대들보라 생각한 적은 없지만 핏줄을 나눈 가족처럼 생각했다. 어머니의 모습이 떠올라 마루는 눈시울이 붉어졌다.

 연화는 묵묵히 마루를 바라보았다. 더는 말릴 수가 없다는 생각이 들었다. 말린다 해도 끓어 넘치는 신념을 가라앉힐 도리는 없었다. 하지만 그 신념 앞에서 얼마나 많은 사람들이 다치게 될지……. 아무래도 큰 희생이 따를 일이었다.

빗소리가 잦아들더니 어느새 빗줄기가 가늘어졌다. 저 너머로 내다보이는 산등성이가 검푸른 빛을 드러냈다.

'이제 그만 비가 그치려나…….'

집으로 돌아갈 생각에 연화는 마음이 무거웠다. 아니 가고 싶지만 아니 갈 수 없는 곳이었다. 연화는 안개에 묻힌 산등성이만 망연히 바라볼 뿐이었다.

안성으로 돌아온 연화는 내도록 앓아누웠다. 사흘을 자리보존하고 있다 일어나자, 기다렸다는 듯이 나졸들과 아전이 찾아왔다.

"연꽃무당이 돌아왔다는 소리가 들리던데 안에 있느냐?"

아전이 사색이 되어 있는 어머니에게 물었다.

"나리, 딸아이가 돌아오긴 했으나 크게 앓는 중이랍니다."

"허! 그 무당은 집을 비우지 않으면 크게 앓는 일뿐일세! 당최 고을 수령을 어찌 알기에 그리 당돌하게 굴꼬!"

아전의 목소리가 마당에서 쩌렁쩌렁 울려 퍼졌다. 연화가 신방문을 열고 밖으로 걸어 나왔다. 아전이 헛기침을 하더니 연화를 멀뚱히 쳐다보았다.

"앞장서세요. 내 오늘은 관아로 갈 참이었습니다."

착 가라앉은 목소리가 칼날처럼 예리했다.

어머니는 심장이 철렁 내려앉았다. 차라리 나를 데려가지. 나를 데려가 종으로 부려 먹든 수청을 들라 하든, 아무렇게나 부려 먹지. 이대로 딸아이가 변을 당할까, 눈앞이 캄캄했다.

"연화야……."

어머니가 애달프게 연화를 불렀다. 연화는 뒤돌아서서 어머니를 바라보았다.

"어머니, 걱정 마세요. 죽기 아니면 살기랍니다. 그리 생각하니 어째 마음이 태연해집니다."

어머니를 위로하고자 한 말이 아니었다. 연화는 정말이지 눈 하나 깜짝하지 않았다. 하지만 그 모습이 어머니의 마음을 더욱 불안하게 만들었다.

밤이 깊을 무렵, 연화는 내실로 불려가 김수용을 만났다. 김수용은 지난번과 마찬가지로 흰색 모시 차림을 한 채 보료에 기대앉아 있었다. 장돌 아범을 쳐 죽이고, 사람들을 곤죽이 되도록 두들겨 놓고도 다른 기색 하나 없었다. 다른 게 있다면 그 앞에 작은 술상이 놓여 있다는 것이었다. 역시나 작정을 하고 부른 게로군. 연화는 아랫입술을 꼭 깨물었다. 술상에서 눈을 거두고 큰절을 올렸다. 김수용은 연화가 하는 양을 내내 지켜보고만 있었다. 낯빛에 불쾌한 기색이 역력했다. 늙은 여우만큼이나 눈치가 빠른 작자가 저를 피한 걸 모를 리 없었다.

"기도를 드리러 갔다더니 얼굴이 많이 상했구나."

김수용이 뜸을 들이더니 입을 열었다. 연화는 고개 들고 그를 바라보았다.

"송구합니다. 소녀, 몸과 마음이 허해 잠시 수양을 다녀왔습니다."

"으흠…… 그리 했더란 말이지……."

말끝을 흘리더니 김수용은 다시금 연화를 뚫어지게 바라보았다.

"너를 다시 보니 참으로 빼어난 미색이구나. 무녀가 아니라 기녀로 나섰어도 이름을 날린 뻔했어."

말투가 음탕하기 그지없었다. 바라보는 눈빛 또한 음흉하기 짝이 없었다. 연화는 눈을 내리깔고 방바닥을 바라보았다. 그래, 네 마음껏 갖고 놀아 보아라. 저승사자 같은 그의 그림자를 보며 이를 갈았다.

"네 술은 할 줄 아느냐?"

김수용이 술상을 힐긋 내려다보더니 느닷없이 물었다.

"두어 잔 정도는 마셔 본 적이 있사옵니다."

연화의 입에서 생각지도 않은 대답이 나왔다. 술이라고는 어릴 적 할머니가 홀짝이던 곡주를 한 번 마셔 본 적이 있을 뿐이었다.

얼떨결에 곡주를 들이키고 나서 그 독한 맛에 속이 타들어 가는 줄만 알았다. 금세 얼굴이 붉게 달아오르고 어질어질해서 줄곧 잠만 잤던 기억이 있었다. 그 뒤로는 술이라고는 입에 대 본 적이 없었다.

"허면 내게 술을 한 잔 따라 줄 테냐?"

연화는 김수용의 술잔에 술을 가득 부었다. 어서어서 마셔라. 가득가득 들이부어 탈이나 나 버려라. 아예 저승길로 가 버려라. 악담을 내뱉는 연화의 가슴이 두근거렸다. 단 한 번도 남을 향해 악담을 퍼부은 적이 없었다. 정말로 그리될까, 제 신기가 두려워 험한 생각이 들 때면 그저 불경을 외울 뿐이었다.

김수용이 술 한 잔을 단숨에 비우더니 연화에게 내밀었다.

"너도 한 잔 마셔라."

연화는 고개를 돌리고 술잔을 단숨에 비웠다. 내 죽기 아니면 살기지, 하는 생각에 배짱이 두둑해졌다. 입 안이 불에 데인 듯 홧홧거렸다. 목구멍을 타고 넘어간 술이 불덩이처럼 속에서 뒹굴었다. 김수용이 게슴츠레해진 눈으로 다시금 술잔을 내밀었다. 질긴 놈, 참 오래도 끄는구나. 단숨에 날 죽이지 않고 이리저리 장난질하며 겁 줄 요량이구나. 아예 급살을 맞아 버려라. 죽어 무간지옥으로 떨어져 버려라. 연화의 마음속에서 숱한 저주의 말들이 앙알댔다.

양 볼이 발그레해진 연화를 보고 김수용은 입술 끝을 올리며 씩 웃는다. 술잔을 단숨에 비워 버린 연화의 배짱이 그를 재미나게 만들었다. 이내 그의 눈빛이 탐욕스럽게 이글거렸다. 훅. 아무런 언질도 없이 단번에 촛불을 불어 꺼 버렸다.

사방이 어두컴컴했다. 뻗어 오는 손길에 연화는 온몸에 오소소 소름이 돋았다. 흡사 커다란 뱀이 제 몸을 친친 감으며 기어오르는 것 같았다. 하지만 그것도 잠시, 모든 것을 체념한 채 죽은 듯이 앉아 있었다. 그러자 여러 얼굴들이 떠올랐다. 서러운 어머니의 얼굴이 떠올랐고, 아무것도 모른 채 실연의 아픔을 달래고 있을 세현 도령의 얼굴이 떠올랐다. 그리고 마루. 마루가 제 사라진 걸 알고 땅을 치며 통곡하는 모습이 눈에 선했다. 분노와 원통함을 견디지 못해 마루는 지금 미친 듯이 날뛰고 있었다. 금방이라도 관아로 달려가려는 마루를 어머니가 꼭 부둥켜안았다. 그리하면 너도 죽고 연화도 죽어! 어머니는 눈물을 철철 흘리며 온 힘을 다해 날뛰는 마루를 붙잡았다.

'울긴 왜 우니? 껍데기일 뿐이야. 내 능욕당하는 건 껍데기 육신일 뿐이라고!'

연화는 환영 속에서 마루에게 외쳤다. 하지만 이 참담한 기분을 어떻게 말로 표현할 수 있을까. 제 천한 신분이 뼈에 사무치도록 원망스러웠다. 여자로 태어나 치욕을 겪는 제 팔자가 말할 수 없이 저주스러웠다. 마루. 이 절박한 상황에서 떠오르는 건 오직 마루의 얼굴이었다. 형형하게 빛을 내던 마루의 눈빛이 처음으로 가슴 깊이 와 닿았다.

'마루, 저놈을, 간악한 저놈을 제발 죽여 줘!'

2부

장터에 모인 사람들

"어머니, 어머니, 난리가 났대요! 장터에 모인 사람들이 관아로 쳐들어갈 거래요!"

이른 아침, 은초롱이 사립문을 활짝 열고 뛰어 들어오면서 외쳤다. 그 소리에 연화는 두 눈을 꼭 감았다. 허방을 짚은 듯 낭떠러지 밑으로 툭 떨어지는 기분이 들었다.

"요놈의 계집애! 개똥이네 갔다 오랬더니, 아침부터 방정맞게 난리는 무슨 난리더냐!"

어머니가 호들갑 떠는 은초롱을 나무랐다.

"어머니, 모르는 소리 말아요! 마을 사람들이 모두 장터로 몰려가고 있는걸요. 봉기군이 대나무 창이며 낫이며 곡괭이를 치켜들고 관아로 쳐들어갈 거랬어요. 돌아오는 길에 칠성 오라버니랑 만석 오라버니를 만났는데, 오라버니들도 지금 장터로 가는 길이랬어요."

 연화가 방문을 벌컥 열었다. 핼쑥한 얼굴이 핏기 하나 없이 창백했다. 관아를 다녀온 뒤 좀처럼 밖을 나오지 않은 탓이었다. 찾아오는 손님도 받지 않았다. 입을 꾹 다문 채 내도록 신방에만 들어앉아 있었다. 번번이 밥상을 물리는 연화 때문에 어머니는 애간장이 타들어 갔다. 딸아이에게 일어난 일을 눈치챘어도 어미가 되어 아는 체할 수가 없었다. 억장이 무너지는 것만 같았다. 그러나 연화의 가슴에 더 큰 상처를 낼까, 먼저 소리 내어 울지도 못했다.

 "너, 그 말 참말이니?"

 연화가 물었다. 메마른 목에서 목소리가 갈라져 나왔다.

 "아이참, 참말이래두 그래요!"

 제 언니의 속을 알지 못하는 은초롱은 얼굴을 잔뜩 찌푸렸다.

 "어머니, 저 좀 다녀와야겠어요. 은초롱아, 어서 가자꾸나."

 신열이 든 듯 연화의 눈이 발갛게 번들거렸다.

 "이 애, 그 몸으로 어딜 가겠다는 게냐?"

 "아니요, 내 다녀와야겠어요. 돌아가는 기세로 봐서는 난리가 아니라 전쟁이라도 날 판이에요."

 연화의 말에 어머니의 얼굴이 사색이 되었다.

"세상에! 이 애, 참말로 난리가 났다는 게냐?"

"암튼 가 봐야겠어요. 어머니, 오늘부터는 손님을 받을 생각이에요. 곧 돌아올 터이니 기다리라 일러 주세요."

연화의 눈에 불현듯 독기가 배어들었다. 독을 품지 않으면, 그 수모를 겪고 살 수가 없었다. 누군가가 김수용의 목을 베어 버리길, 그를 죽이길 바랐다. 구렁이처럼 느물대던 놈의 모습이 떠올라 몇 번이고 진저리쳤다.

어머니는 연화의 뒷모습을 내다볼 뿐이었다. 가느다란 몸이 실바람에도 휘청 쓰러져 버릴 것만 같았다. 이름이 널리 알려진 터라 언제나 위태로운 아이였다. 제 이름값을 혹하게 치르느라, 지옥과도 같은 고통을 겪었을 터였다. 연화를 바라볼 때마다 어머니는 가슴이 찢어지는 듯했다.

"한데 마루 이 녀석은 밤낮 없이 어딜 쏘다니는 게야!"

중얼대던 어머니는 별안간 가슴이 철렁 내려앉았다. 어쩌면 이 난리에 마루가 연루되었을지도 모른다는 생각이 비수처럼 가슴을 찌르고 들어왔다.

안성장터 입구에는 수많은 사람들이 떼지어 모여 있었다. 연화는 사람들 사이를 뚫고 부지런히 걸어갔다. 틀림없이 마루가 있을 터였다. 마루를 찾는 데 정신이 팔려 어깨를 부딪치는 줄도 몰랐다.

조금 더 걸어가자 수백 명이나 되는 사람들이 둥그렇게 모여 있었다. 연화는 사람들 뒷줄에 서서 가까스로 원 안을 들여다보았다. 마루가 서 있었다. 뒷짐을 진 채 군중을 똑바로 바라보고 있었다. 보는 이를 사로잡을 것 같은 눈빛이었다. 그 누구도 거역할 수 없을 것 같은 눈빛이었다. 강단은 있으나 저리 호방한 청년이 될 줄은 몰랐다. 그가 품은 열정과 신념이 그를 저토록 빛나게 만들 줄은 몰랐다.

"마루……."

연화는 저도 모르게 마루의 이름을 작게 소리 내어 불렀다. 가슴이 뭉클했다. 그와 함께한 시간들이 머릿속을 빠르게 스치고 지나갔다.

어느덧 군중의 웅성거림이 잦아들었다. 중년 남자가 사람들 앞으로 한 발짝 걸어 나왔다. 남자는 갓도 쓰지 않은 상투머리에 흰색 두루마기를 차려입고 있었다. 마른 체구에 검게 그을린 얼굴이 영락없는 농부의 모습이었다. 이 고을의 계를 이끌어 가는 계주 최봉석이었다. 또한 봉기를 주도한 봉기 대장이기도 했다. 최봉석은 마루에게 아버지이자 스승과도 같은 사람이었다. 인자하게 때로는 엄하게 마루의 의식을 깨치게 한 사람이었다. 최봉석이 담담한 목소리로 사람들을 향해 연설하기 시작했다.

"우리가 예 모인 것은 단 한 가지 이유뿐이외다. 즉, 사람답게 살기 위한 세상을 만들기 위한 것이오. 그리하자면, 백성들을 도탄 속에서 건지고 조정을 반석 위에다 세워야 할 것이오. 안으로는 탐학한 관리들을 처단하고, 밖으로는 횡포한 외세의 무리를 내쫓아야만 가능한 일이오. 외세가 극에 달해 조선 땅 어디든 외국 놈들이 판을 치고 있소이다. 이놈들이 들쭉날쭉대며 조정을 쥐어흔들고 있다지요? 쌀 콩 보리, 하다못해 참깨 들깨까지 다 가져가 우리 백성들은 풀뿌리와 나무껍질로 연명하고 있다오. 주위를 한번 돌아보시오. 어디 한 명 굶주리지 않고 사는 백성들이 있소? 하여 우리 백성들은 조금도 주저하지 말고 일어서야 할 것이오. 악질 양반과 부호, 탐학한 관리, 외세를 처단하지 않으면, 언제까지나 짐승보다 못한 삶을 살아갈 것이오. 사람답게 살기 위한 세상! 내 이를 위해 목숨 받쳐 끝까지 싸울 것이외다!"

최봉석의 준엄한 목소리가 산천을 뒤흔들 듯 우렁찼다. 또한 사람들의 드높은 함성이 천지를 뒤흔들 듯 울려 퍼졌다.

"아이고 꼬습다! 지금쯤 수령이란 놈, 간담이 서늘해 있을 게야."

"수령 놈의 간담만 서늘하게! 이 소식이 알려지면, 조정 간신배들도 오금이 저려 오줌을 질질 흘리고 있을걸."

"해도 해도 너무하더니 난리가 났어. 에이 참 잘되었지. 그냥 이대로 지내서야 어디 백성이 한 명이나 남아 있겠나!"

민심은 걷잡을 수 없는 분노로 요동쳤다. 이 순간을 기다렸다는 듯 봉기군 대장의 말에 크게 환호했다.

"여러분들 참말 많이 모이셨습니다!"

이번에는 마루가 한 발짝 걸어나와 운을 떼었다. 은초롱이 마루를 뚫어지게 쳐다보았다. 좋아 연신 입을 헤벌죽거렸다. 하지만 마루를 바라보는 연화의 눈길은 조심스럽기만 했다.

"먼저 제 소개를 해 보겠습니다. 저는 강마루올시다. 머슴의 아들이외다."

마루의 말에 사람들이 고개를 끄덕였다.

"여러분들, 요즘 어떠신지요? 저기 나리골에서 오신 어르신, 요즘 배 따습게 잘 사십니까?"

마루가 지팡이를 짚고 서 있는 호호백발 노인을 가리키며 넌지시 물었다.

"아니여. 나는 하루 두 끼도 채 못 먹고 살어. 올봄에는 곡식 씨알이 다 말랐는지 참말로 딱 굶어 죽는 줄 알았구먼. 아직 살날이 구만린디 말이여."

노인이 한 팔을 휘저으며 대꾸했다. 백발 노인의 말에 사람들이 웃음보를 터트렸다.

"허면 요기 용바위골에서 오신 더벅머리 총각은 등 따습게 잘 사시나요?"

"아이고, 그럴 리가 있나요. 내 탐관오리의 자식새끼도 아닌데,

어찌 등 따습고 배 따습게 살 수가 있나요!"

재치 있는 응대에 사람들이 또 배를 움켜잡고 웃어 댔다. 웃음이 그치기를 기다려 마루가 주먹을 불끈 쥐며 말했다.

"그렇지요! 탐관오리가 판을 치는 세상에 우리같이 천한 것들이 어찌 잘살 수가 있답니까? 허면, 등골이 빠지게 일해도 왜 우리 백성들은 만날 굶주린답니까?"

"군수 김수용의 수탈 때문이오."

맨 앞줄에 서 있던 남자아이가 손을 번쩍 치켜들고 대답했다.

"아이고, 뉘댁 자식인지 참말로 똘똘하네요. 예 모인 것을 보니 양반 자식은 아닐 테고, 재 너머 백정 천 씨네 아들인감?"

마루가 너스레를 떨며 남자아이를 바라보았다. 남자아이가 머리를 긁적이더니 넉살 좋게 웃었다. 그러자 사람들이 또 한바탕 웃음을 터뜨렸다.

"맞습니다. 백성들이 백날 일하면 뭐합니까? 곡식 거둬들일 때면, 그놈의 수령이란 자가 있는 세금 없는 세금 다 갖다 붙여 백성들을 알거지로 만들어 놓는데 말입니다. 그뿐입니까? 억울한 일이 있어 관아로 달려가면 난민이라고 두들기거나 옥에 가두기 일쑤입죠. 그것도 성에 차지 않아 목숨까지 좌지우지하려 들고 말입니다. 한데 요게 사람이라고 태어나서 당할 짓입니까? 계속 이런 빌어먹을 짓을 당해야 하겠습니까?"

떠나갈 듯한 군중의 외침이 울려퍼졌다. 사람들은 분에 못 이겨 허공을 향해 주먹을 치켜올렸다.

"그렇지요! 가만히 내버려 두면 안 되지요. 이대로 가면, 이 나라에 살아남을 백성이 하나도 없을 것입니다. 허면, 요런 악질 관리들을 어떻게 패대기쳐야 할까요?"

"군수 김수용을 관아에서 끌어내야 합니다!"

"아니여, 아니여! 요 낫으로 모가지를 홱 베어 버려야 혀!"

"허면 이리 모인 김에 양반 놈들도 함께 처단해 버립시다!"

"좋지요! 이참에 배때기 두둑한 양반 지주 놈들 씨를 말려 버립시다!"

사람들은 억눌러 두었던 분노를 마음껏 드러냈다. 분노로 들끓는 외침에 묵은 원한이 여실히 드러났다. 그 기세가 하늘을 찌를 듯 높게 치솟았다.

"알겠습니다. 여러분의 마음이 그러한데 이 모임으로 끝낼 수야 없지요. 하여 지금부터는 우리가 해야 할 일들을 가르쳐 드리겠습니다. 첫째, 악질 군수 김수용을 잡아 효수할 것. 둘째, 군수한테 아부하여 백성들을 갈취한 양반과 탐관오리들을 잡아 징계할 것. 셋째, 군기창고와 화약고를 점령해 무기를 빼돌릴 것. 넷째, 고을 임무가 끝나면 한성으로 올라가 우리 뜻을 조정에 알릴 것. 자, 여러분, 관아로 갑시다. 군수 김수용을 처단합시다."

함성과 함께 군중들이 삼삼오오 대열했다. 머리에 흰 수건을 두른 봉기군이 죽창과 곡괭이와 낫을 들고 앞장섰다. 그 뒤를 수백 명의 사람들이 따랐다.

"언니, 우리도 따라가요. 네?"

은초롱이 연화에게 졸랐다.

"이 애, 어디 놀음 나온 줄 아니? 잔말 말고 어서 집에나 가자."

연화는 단박에 잘라 말했다. 그러고는 군중의 기나긴 행렬을 지켜보았다. 사람답게 살기 위한 투쟁 행렬이었다. 가진 자들의 수탈과 모욕이 없는 세상을 만들기 위한 투쟁 행렬이었다. 연화는 가슴이 벅차올랐다. 눈시울이 붉어지면서 도사리고 있던 두려움이 서서히 고개를 들었다. 엄습해 오는 두려움 앞에서 연화는 간절히 빌었다. 저들에게 부처님의 은덕이 내리길 비나이다. 부디 저들이 다치지 않게 해 주소서. 그리고…… 만약 저들이 옳다면, 부디 그 뜻을 이루게 해 주소서…….

수백 명의 사람들이 흙먼지를 일으키며 거리를 행진했다.

"군수 김수용은 관아에서 물러나라!"

"탐관오리를 처단하자!"

봉기군이 구호를 외칠 때마다 군중이 큰 소리로 따라 외쳤다. 구경하던 농민들이 박수 치며 환호했다. 아낙들이 광주리에서 주먹밥과 물을 내주며 용기를 북돋아 주었다.

어느덧 봉기군이 관아거리에 다다랐다. 부릅뜬 그들의 눈에 불쑥 솟구쳐 오른 아문이 내다보였다.

"하늘 아래 사람은 모두 똑같거늘, 무슨 이유로 들어가는 문조차 위아래를 가를까! 우리도 아문 가운데 문을 뚫고 나갑시다!"

봉기군은 수령만이 드나드는 아문의 가운데 문을 뚫고 나갈 생각이었다. 신분의 귀천이 없음을 그들은 몸소 천명하고자 했다.

봉기군이 아문 앞에 다다를 때였다.

"네 이놈들, 예가 어디라도 함부로 들이닥치는 게냐?"

창을 든 병졸들이 행렬을 가로막고 나섰다. 하지만 그들의 눈빛은 이미 흔들리고 있었다. 짐짓 큰 소리만 낼 뿐 두 눈에는 두려움이 가득 배어 있었다. 금방이라도 내뺄 듯 꽁지를 내린 기세였다.

"이놈아, 너는 수령 밑에 붙어사니 배 따습고 등 따습더냐?"

무리에 섞인 한 사람이 삿대질을 해 가며 외쳤다. 그러자 우우, 하는 야유 소리가 불처럼 번져 나갔다. 주춤거리던 병졸들이 기를 쓰며 공격해 들어왔다. 질세라 봉기군이 죽창으로 몰아붙였다. 함성과 함께 한바탕 치고받는 접전이 벌어졌다. 하지만 수적으로 열세한 병졸들은 얼마 버티지 못하고 달음질쳤다.

"관아로 쳐들어갑시다! 아문을 깨부숩시다!"

봉기군의 목소리가 하늘을 가를 듯 위풍당당했다. 봉기군이 몽둥이와 곡괭이로 아문을 때려 부수며 관아 안으로 들어갔다. 동헌 쪽으로 전진하는데, 한 무리의 병졸들이 창을 들고 달려들었다. 서로 찌르고 찔리는 접전이 번번이 일어났다. 어느새 피를 흘리는 봉기군이 하나둘 늘어났다. 배를 찔린 병졸들이 마당에 나동그라졌다.

동헌 내실에 앉아 있는 김수용은 피가 마를 지경이었다. 꼭 쥔 주먹이 눈에 띄게 떨고 있었다.

"사또 나리, 어서 몸을 피하십시오."

이방이 벌벌 떨며 김수용을 재촉했다.

"이, 이런 허수아비 같은 놈! 네 이리 될 때까지 몰랐더냐? 그러고도 네가 수령을 모시는 관아 이방이더냐?"

김수용은 집어삼킬 듯이 이방을 노려보았다. 저들을 갈아 마셔도 속이 시원하지 않을 것 같았다. 와드득 와드득 씹어 먹어도 분이 풀리지 않을 터였다. 시뻘게진 얼굴로 두 주먹을 부들부들 떨었다. 어느덧 동헌 밖 가까운 곳에서 함성이 들려왔다. 시뻘겋던 김수용의 얼굴이 핏기 하나 없이 하얘졌다.

"나리, 뒷문 밖에 말 한 필을 매어 놓았나이다."

"피라미 같은 놈들, 어디 두고 보자! 내 뒤에 모두 효수하고 말리라. 사지를 갈기갈기 찢어 죽이리라."

김수용은 다시금 주먹을 부르르 떨었다.

동헌 중문이 벌컥 열리고 봉기군이 들이닥쳤다.

"김수용을 끌어내자!"

외침 소리와 함께 봉기군이 후닥닥 동헌 마루로 뛰어올라갔다. 하지만 동헌 내실에는 개미 한 마리 보이지 않았다. 수령이 입던 옷만 뱀의 허물처럼 내팽개쳐져 있었다. 김수용이 변장한 채 이미 줄행랑친 거였다.

"김수용이 사라졌다!"

그 순간, 마루는 맥이 탁 풀리는 기분이 들었다. 군수 김수용을 처단하기 위해 지난 몇 달간 밤을 지새며 투지를 불태웠다. 놈의 목을 제 손으로 비틀어 놓을 작정이었다. 군중이 보는 앞에서 놈을 욕보일 작정이었다. 하지만 간발의 차이로 김수용을 놓치고 말았다. 그가 가만히 앉아 저를 맞이할 거라 생각했던가. 그가 도망치리라는 생각을 하지 않은 건 큰 실수였다. 참으로 땅을 치고 후회할 노릇이었다.

"놈이 필시 변장한 채 달아난 것 같으니 관아 문을 모두 닫으시오!"

마루가 두 주먹을 불끈 쥐며 외쳤다. 하지만 관아 안에는 이미 김수용은 없었다. 김수용은 모질게 채찍질하며 말을 타고 내달리던 참이었다.

마루는 동헌 내실로 뛰어들어갔다. 분함을 견디지 못해 기물을 사정없이 부수었다. 죽창으로 병풍을 수없이 찔러 댔고, 탁자며 보료를 발칵 뒤집어 부수었다. 하지만 용암처럼 끓어오르는 분노를 가라앉힐 수는 없었다.

"쳐 죽일 놈! 찢어 죽일 놈! 백성들을 수탈하는 것도 모자라 아녀자들을 욕보이기까지 하다니……."

마루는 방바닥에 머리를 쿵쿵 쥐어박았다. 꽉 깨문 입술에서 피가 터져 나왔다. 그래도 제 몸이 아픈 줄을 몰랐다. 수모를 겪었을 연화를 생각하니 미칠 것만 같았다.

"옥문을 열어 죄인들을 풀어 줍시다!"

누군가의 외침 소리가 들렸다. 봉기군이 우르르 옥사로 달려갔다. 옥에 갇힌 죄인들은 억울한 송사나 조세범, 양반 능욕범, 부채범들이었다. 대부분 터무니없이 높게 부과된 세금을 내지 못하거나 양반의 수탈에 억울함을 호소하다 잡혀 온 자들이었다. 봉기군은 옥문을 깨부수고 죄인들을 모두 풀어 주었다. 그리고 무기고를 들이닥쳐 무기를 꺼내고 창고를 헐었다. 창고 안에는 쌀가마가 산더미처럼 쌓여 있었다. 안성 고을의 쌀이란 쌀은 모두 관아 창고 안에 쌓여 있는 듯했다. 기가 막힌 사람들이 이를 악물며 쌀가마를 모두 들어냈다. 굶주린 백성들에게 나눠 줄 소중한 곡식이었다.

"여러분, 탐학한 관리들의 집으로 쳐들어갑시다! 그들이 백성들한테 한 짓을 징계합시다!"

분이 풀리지 않는 봉기군이 관아 밖으로 나왔다. 날이 어두워지고 있었다. 횃불을 치켜든 그들은 지칠 줄 모르는 투지로 다시금 거리를 행진했다.

어떻게 얻은 세상인데!

 열흘 뒤 안성에는 새 군수가 부임했다. 신임 군수 박원상은 말없이 돌아가는 형국을 관망했다. 섣불리 봉기 주모자를 잡아들이지 않았고, 작은 소요에도 크게 관여하지 않았다. 박원상은 봉기가 가라앉길 기다리고 있었다. 민심의 동요가 가라앉고 나면 대책을 세울 생각이었다.
 그사이 봉기군은 눈덩이 불듯 늘어났다. 농민들과 천민들 사이에 빈궁한 선비들까지 합세했다. 그들은 밤이면 집회장에 모여 시국을 논했다. 또한 탐학한 관리와 양반 부호를 색출하여 징계할 것을 결의했다. 그러한 가운데 전국에서 일어나는 봉기군과 연합하려는 태세를 서서히 갖추고 있었다.

한편, 연꽃무당 집에서는 마른 쑥 태우는 냄새가 마당 가득히 피어오르고 있었다. 탕약 달이는 냄새까지 뒤섞여 무당 집은 흡사 의원을 방불케 했다.

연화는 손님방에 앉아 환자들을 돌보고 있었다. 지난 봉기 때 크게 다친 장정들이 수시로 연꽃무당 집을 찾아왔다. 상처가 곧 나은 사람이 있는가 하면, 아직까지 진물을 질질 흘리는 사람들이 있었다. 한여름 더위에 쇠창에 깊숙이 찔린 상처는 쉬 아물지 않았다. 꼭 매어 놓은 천을 열어 보면 누런 고름이 들어차 있었다. 그 부위가 너무 커져서 고약도 소용없었다. 탕약도 소용없어 환부를 도려 내는 시술을 할 때도 있었다.

점사를 보는 중간에 연화는 재미 삼아 의술을 익혀 두었다. 의술은 귀신이 들어 앓는 병을 고치는 것과 마찬가지였다. 정성을 다해 치료하다 보면, 귀신을 내쫓는 것마냥 환부에서 새살이 돋아났다. 그러니까 육신을 치료하는 것은 사람의 마음속을 들여다보는 것과 같았다. 온 힘을 쏟지 않으면 귀신이 보이지 않듯 썩어 들어가는 세포의 흐름을 읽어 낼 수가 없었다. 모든 것은 정성이었다. 연화는 봉기군을 치료하면서 새삼 그 사실을 깨달았다.

은초롱은 발바닥에 불이 나도록 손님방을 들락거렸다. 더운물을 떠오랴, 수건을 빨아 오랴, 탕약과 약풀 즙을 대령하랴, 어린것이 하루가 모자랄 지경이었다. 그런데도 군담 한마디 없이 날쌔게 몸을 움직였다.

"언니, 마루 오라버니가 다치지 않아 천만다행이에요."

치료를 끝낸 사람들이 돌아가자 은초롱이 한숨을 내쉬면서 말했다. 그러고는 평상에 드러누워 저 혼자 지껄였다.

"언니, 마루 오라버니는 참말로 불사신인가 봐요. 그 난리 통에도 손끝 하나 다치지 않았잖아요? 봉구 녀석이 그러는데, 오라버니는 하늘이 내린 아들이랬어요. 그래서 놈들이 떼로 덤벼도 하나 다치지 않는 거래요. 저절로 창과 칼이 오라버니를 휙휙 피해 가는 거래요. 마을 아이들이 모두 그랬는걸요. 마루 오라버니는 불사신이니까 죽지 않을 거라고요. 영원히 살아 온 고을 백성들을 모두 구할 거래요."

누가 처음 지어낸 이야기일까. 은초롱의 말에 연화는 웃음을 지었다. 연화도 소문을 들어 알고 있는 이야기였다. 소문 속에서 마루는 정말로 불사신이었다. 그가 하늘을 날아다니는 것을 본 적이 있다는 아이들이 있었고, 양손으로 황소를 한 마리씩 들어 올리는 걸 보았다는 아이들도 있었다. 고을 아이들은 각별히 마루를 좋아했다. 익살을 떠는 마루를 보려고 집회 장소로 모여들었다. 그러고는 마루를 불사신 보듯 쳐다보았다. 그러니까 아이들에게 마루는 영웅이었다. 때문에 마루를 닮아 가려 애를 썼다. 뙤약볕이 내리쬐는 냇가에 둘러서서 무술을 익히고, 세상 돌아가는 일에 핏대를 올렸다. 그 때문일 터였다. 아이들이 계군으로 들어가는 일이 점점 늘어나고 있었다. 마루를 닮고자 하는 아이들이 속속 봉기군에 가담했다.

"한데, 한 가지 근심이 있어요."

느닷없이 은초롱이 얼굴을 찌푸렸다. 정말로 두 눈 가득 근심이 들어차 있었다. 연화가 돌아보자 부끄러운 듯 입을 열었다.

"언니, 마루 오라버니가 참말로 불사신이면 어쩌지요?"

연화는 무슨 말인지 몰라 고개를 갸웃했다.

"그러니까 오라버니가 불사신이어도 혼인을 할 수 있느냐, 그 말이에요."

속이 답답한지 은초롱은 공연히 역정을 냈다. 그제야 연화는 빙긋 웃음이 나왔다. 아직도 마루를 연모하는구나. 하지만 어린아이의 마음이 장난이 아니구나 싶어지니 어쩐지 마음이 서늘했다.

"불사신이라도 다 제짝이 있는 법이야. 그러니까 염려 말아. 마루도 틀림없이 너를 좋아하고 있을 거야. 네가 얼마나 어여쁘고 귀여운데."

"참말이지요?"

"그럼, 참말이고말고."

휴, 은초롱은 다시금 평상에 드러누워 깊은 숨을 내쉬었다. 연화가 웃는 줄도 모르고 마루 생각에 두 눈을 반짝였다.

점심때가 되어 간만에 마루가 집으로 들어왔다. 밤을 지샜는지 몰골이 말이 아니었다. 누런 삼베 바지저고리에서는 군내가 풀풀 났고, 얼굴에는 땟국물이 줄줄 흘렀다. 피죽도 못 먹었는지 퀭한 두 눈은 푹 꺼져 들어갔다.

마루가 시원하게 등목을 하고 난 뒤 온 가족이 평상에 나앉아 점심을 먹었다. 어머니가 보리밥을 덜어 마루의 밥그릇에 더 담아 주었다. 어머니의 밥그릇이 반 남짓 푹 꺼져 들어갔다.

"그러지 말고 어머니 드세요."

마루가 팔을 휘저으며 말렸다.

"아무 말 말고 먹어. 얼굴이 그게 뭐냐? 밖에 나가 지내려면 무엇보다도 배가 두둑해야 돼. 힘이 있어야 큰일도 치르지. 모든 게 다 요 밥심이야!"

사실 큰일인지 아닌지, 어머니는 잘 알지 못했다. 걱정이 앞섰지만 그저 마루가 뱃속이나 두둑했으면 싶었다. 숟가락을 든 채 마루는 어머니를 빤히 바라보았다. 데려다 키운 자식이라고 단 한 번도 연화와 다르게 대한 적이 없는 사람이었다. 어릴 적 철없이 연화와 다툴 때에도 똑같이 매를 들고 종아리를 후려쳤다. 그러지 않았더라면, 어려워 저를 때리지 않았더라면, 어쩌면 더 서운했을지도 모를 일이었다. 이 은덕을 어찌 다 갚을 수 있을지. 마루는 목이 메어 김치 국물을 후룩 마셨다.

"어머니, 걱정 마세요. 마루 오라버니는 먹지 않아도 힘이 아주 세대요. 아이들이 그러는데 오라버니는 불사신이라 죽지도 않을 거래요."

은초롱이 밥을 먹다 말고 냉큼 끼어들었다.

"흠! 네 오라비가 불사신이면, 네 언니는 옥황상제겠다! 불사신 아니라 그보다 더 신출난 것들도 다 먹어야 사는 법이야. 요것아, 요 밥이 다 힘이고 생명인 게야!"

어머니의 말에 은초롱이 그만 입을 꾹 다물고 말았다. 연화와 마루는 모른 척 터져 나오는 웃음을 삼켰다.

팔월로 접어드는 계절은 무덥기 짝이 없었다. 땅거미가 내려앉을 무렵에도 날은 숨을 쉬기 버거울 만큼 무더웠다. 온몸이 땀에 젖어 다리에 속곳이 착착 감겨들었다.

"그래 너는 어찌할 셈이니?"

냇가로 바람을 쐬러 나오는 길에 연화가 물었다. 마루는 한동안 말이 없었다. 냇가로 달려가는 은초롱의 뒷모습만 내다볼 뿐이었다.

"아씨, 앞으로는 집에 들르기가 어려울 듯해요."

한참 뒤에 조용히 입을 열었다. 연화는 가만히 고개를 끄덕였다. 그럴 줄 알고 있는 터였다. 이 말을 하려고 오랜만에 집을 찾아왔을 것이다.

"이틀 전에 전주에서 큰 봉기가 일어났답니다. 조정에서 병력을 수천 명이나 내려보냈다지요. 대단히 큰 봉기였던가 봅니다. 한데 봉기군이 전주성을 점령했답니다. 수천의 관군들이 빤히 보는 앞에서 말이지요. 그건 단순한 고을 봉기가 아니랍니다. 이제는 조정과의 한판 전쟁이지요. 백성의 뜻을 헤아리지 못하는 왕이라면 물러서야 마땅할 테지요."

"두려운 일이구나. 헌데 우리 고을도 곧 그리될까?"

"머지않아 각 고을 사람들이 모두 모이게 될 겁니다. 단합 집회가 이 고을에서 열릴 예정이에요."

"허면 지난번처럼 관아로 쳐들어갈 작정이니?"

"신임 군수가 회유책을 펴고 있으니 우리 쪽에서도 좀 더 관망해야겠지요. 허나 탐관오리나 양반 놈들을 징계하는 일은 계속될 거예요. 그들의 곳간을 열어 곡식을 내오는 일도 계속될 터이고요."

"신임 군수가 회유책을 펴다니? 새 수령은 어떤 사람이니?"

"깊게는 모르지만 지방 군수로 꽤 오랫동안 봉직했던 사람인 듯 합디다. 별다른 평판이 없는 걸 보니 눈에 띄게 탐학을 한 것 같지는 않고요. 오랫동안 지방 관리로 있었으니 백성들의 사정이야 훤히 꿰뚫고 있겠지요. 하지만 그 속이야 모를 일이지요. 회유라는 사탕발림을 하고 난 뒤에는 어찌 나올지 알 수가 없어요. 허나 봉기군을 회유하려고 전전긍긍하는 것만은 사실인 듯합니다.

곧 봉기군과 농민 대표를 뽑아 시정을 논의할 거라는 말도 있고요."

"그자가 부르면 응할 테니?"

"그리해야지요. 안 그래도 집회소에서 그에게 내놓을 요구문을 고심하고 있는 중이랍니다. 온 고을 백성들이 볼 수 있도록 여러 곳에 방문을 붙일 생각이에요."

"그러고 나면, 그러고 나면 어찌할 생각이니?"

"우리 고을 일이 다 처리되는 대로 남도 쪽으로 내려갈 생각이에요. 전주성에서 싸우는 사람들과 합류해야지요. 이대로 물러설 싸움이 아닙니다. 섣불리 물러설 거라면 시작도 아니 했지요."

"난이 아니라 전쟁이구나. 나는 참말 두렵기만 해."

"그래요. 이건 전쟁과 다름없는 일이에요. 백성들의 요구가 관철될 때까지 싸울 겁니다. 다들 목숨을 내놓고 있답니다. 목숨을 걸지 않으면 할 수 없는 일이지요."

연화가 한숨을 내쉬었다. 다치지는 말아. 제발 몸만 성해 줘. 마루를 향한 연화의 마음은 간절했다.

"아씨, 그만 가 보아야겠어요. 할 일을 미뤄 두고 왔답니다."

마루가 연화의 얼굴을 그윽이 바라보았다. 언제 보아도 애틋한 사람이었다. 하지만 어금니를 꽉 물고 고개를 돌렸다. 다시금 마음이 흔들릴까, 겁이 나서였다. 물장구 치며 노는 은초롱한테 잠시 눈을 두고 나서 마루는 돌아섰다.

"그래도 가끔 들려!"

몇 발짝 걸어가는 마루를 향해 연화가 외쳤다. 마루가 돌아서서 살며시 미소지었다. 그리하겠다는 것인지 아닌지, 애매한 웃음을 지은 채 마을로 걸어갔다.

연화와 은초롱이 집으로 돌아올 때에는 날이 어두워져 있었다.

"이 애, 손님이 오셨단다. 처음 보는 처자야."

어머니가 마당에서 작은 소리로 말했다. 연화는 의아해서 손님방을 바라보았다. 방문으로 두 여인의 그림자가 비쳤다. 댓돌을 내려다보니 꽃신과 짚신 한 켤레가 나란히 놓여 있었다. 해가 지면 좀처럼 손님이 들지 않는 법이었다. 손님들은 새벽녘이나 이른 아침에 찾아오곤 했다. 무당의 영은 그 무렵이 가장 맑고 깨끗하다는 것을 그네들도 잘 알고 있어서였다. 한데 어떤 여인이 속도 없이 이 시각에 찾아왔을까.

연화가 신방으로 들어가자 두 여인이 고개를 조아렸다.

"기별도 없이 무턱대고 찾아와 당황했을 터요."

나이 지긋한 아낙이 먼저 입을 열었다. 말투에서 온기가 느껴졌다. 옆에 앉은 여인의 유모이거나 오랜지기 몸종일 터였다.

"아니오, 괜찮습니다. 다만 이 시각에는 점사 보는 일이 거의 없어 손님들께서 허탕치실까 염려됩니다."

대답하고 나서 연화는 옆에 앉은 여인을 바라보았다. 연화 또래로 보이는 여인이었다. 여인은 얼굴이 하얗고 갸름했다. 그다지 화려하지는 않지만 반듯한 얼굴이 단아하기 그지없었다. 대갓집 규수인 듯 몸가짐 또한 반듯했다.

"한데, 어인 일로 예까지 찾아오셨나요?"

연화가 앳돼 보이는 여인을 똑바로 보며 물었다. 그러자 여인이 몸종에게 나가 있으라는 눈짓을 주었다. 내밀한 이야기를 꺼내려는 것이었다. 연화는 잔잔하던 마음에 출렁 풍랑이 이는 듯했다.

"내 마음에 근심이 있어 연꽃무당을 만나 뵈러 왔어요."

말투까지도 반듯한 여인이었다. 하지만 흠잡을 데 없는 이 여인 앞에서 연화는 다시금 마음이 출렁거렸다.

"말씀 내리세요. 천한 것한테 존대를 써 주시니 몸둘 바를 모르겠습니다."

"아니, 그래도 내 이게 편하니 그리하게 해 주세요."

무슨 일로 나를 찾아온 걸까. 연화는 여인의 얼굴을 찬찬히 살폈다. 아무래도 점사를 보러 온 것 같지는 않았다. 이 여인이 보고 싶은 건 점사가 아니라 틀림없이 저 자신인 듯했다. 저를 샅샅이 살피는 눈 속에 알 수 없는 고통이 배어 있었다.

"이 고을에 고모님이 계셔서 부친과 함께 뵈러 왔답니다. 용인이 집이랍니다. 연꽃무당은 용인에서도 꽤 유명하시답니다."

"과찬이십니다. 그저 예 앉아 점이나 칠 뿐이지요. 헌데 고모님이라면 어디 사시는 누구신가요? 혹 제가 알고 있는 분일까 해서 말이지요."

"수련골 서 참판 댁이라면 아실런지요? 제 고모님의 성은 유가랍니다."

연화는 벌린 입을 다물지 못했다. 서 참판 댁이라면 세현 도령 댁과 돈독한 집안이었다. 그 사실을 이 고을 사람들이라면 모르는 이가 없었다. 이 여인이 누구인지, 왜 이곳을 찾아왔는지, 단번에 감이 잡혔다.

"아씨, 소녀를 찾아온 이유가 무엇인가요?"

연화가 낯빛을 바꾸며 물었다. 여인이 입을 꼭 다물고 고개를 숙였다. 이곳을 찾아오기까지 수백 번도 넘게 고민했다. 내 발로 연꽃무당을 찾아가다니! 자존심이 허락하지 않는 일이었다. 그러나 연적 앞에서 양반집 규수라는 신분은 아무것도 아니었다. 한갓 무당한테 정혼자가 마음을 빼앗긴 거였다. 연꽃무당은 빼어난 미인이라는 소문이 자자했다. 그네를 한번 본 남자들은 단번에 마음을 빼앗길 정도라고 했다. 또한 무당 주제에 서책을 읽고 쓸 줄 안다고도 했다. 그러나 소문과 달리 연꽃무당은 수수한 여인이었다. 미인이기는 하나 요사스러운 태는 하나도 없었다.

"박 참판 댁 도련님과 잘 아는 줄로 알고 왔답니다."

여인의 속눈썹이 가느다랗게 떨렸다. 연화는 여인을 마주 볼 자신이 없어 눈을 내리깔았다. 어쩌자고, 나더러 어쩌자고 예까지 찾아온 걸까. 가슴이 답답했다. 돌덩이 같은 게 목구멍까지 치고 올라오는 기분이 들었다.

"한 고을에 사시는 분이니 모른다 할 수는 없을 테지요."

연화의 목소리에 냉기가 돌았다. 심사가 배배 꼬여 얼굴이 눈에 띄게 사나워졌다. 여인은 틀림없이 저를 떠보려고 온 거였다. 정말 두 사람이 죽도록 연모하고 있나 제 눈으로 확인하러 온 것이었다. 하지만 그리 떠보아서 어쩌자는 것인가! 보이는 것과 달리 사특한 여인이었다. 신분의 높음을 내세워 저를 기죽이려는 심보였다.

"연꽃무당, 내 부탁 좀 들어주세요!"

그런데 이건 또 무슨 일일까. 여인의 눈빛이 간절해졌다. 커다란 눈망울에 물기까지 스며들었다.

"그 댁 도련님과 연꽃무당이 정인 사이라는 이야기를 들었답니다. 그걸 부인하려 들지는 마세요. 한데 요 근래 도련님이 큰 병이 나셨다 합니다. 식음전폐하고 앓아누우셨대요. 마님께서 캐물으니 연꽃무당 때문이라 했다더군요. 연꽃무당이 매몰차게 연을 끊자고 하셨다더군요."

"그리했습니다. 그리해야 마땅한 줄로 알고 내 그리했습니다."

"내 입장에서는 그리해 준 게 참으로 고맙기 그지없어요. 한데 도련님이 지금 죽어가고 있답니다."

"아씨, 그리하시면 제가 어찌해야 한단 말씀이세요? 도련님을 만나 연을 이어 가라는 말씀인가요?"

연화의 목소리가 떨렸다. 크게 앓고 있는 세현 도령의 얼굴이 떠올랐다. 가슴이 아려와 숨을 쉬기가 버거웠다.

"연꽃무당, 그리 열내지 마시고 내 말 좀 들어 보아요. 힘드시겠지만, 도련님을 다시 만나 주세요. 인연을 그리 함부로 끊다가 더러 실성하거나 죽은 사람들도 있다 들었답니다. 그러니 도련님을 만나 마음을 다독여 주세요. 그리해 주시면 틀림없이 병이 나을 듯해요."

연화는 황망하기 짝이 없었다. 반편이도 아닌 이 여인의 속은 도대체 어떻게 생겨 먹었을까 싶었다.

"아씨, 그 마음이 진심이세요? 그리해도 진정 괜찮으시겠어요?"

연화의 물음에 여인은 말이 없었다. 슬픔이 배인 얼굴로 천천히 고개를 끄덕였다. 연화는 아랫입술을 꼭 깨물었다. 그럴 수 없는 일이었다. 세현 도령을 위해서라면 정말 그러고 싶었다. 아니, 저의 욕망대로라면 당장 세현 도령한테 달려가고 싶었다. 하지만 이 여인한테는 아니 될 일이었다. 내게 얼마나 많은 업을 지게 하려고 이리 매달리는가.

"연꽃무당, 내 솔직히 말씀드릴게요. 세현 도련님을 뵌 적은 사실 한 번밖에 없답니다. 어릴 적 고모님 댁에 놀러 와 있는 도련님을 얼핏 보았을 뿐이었지요. 그렇다고 그를 연모하는 마음이 든 건 아니랍니다. 뒤에 정혼을 했으나 도련님한테 마음이 가는 것도 아니었고요. 하지만 가문에서 그리 정하셨으니 따를 수밖에 없는 처지랍니다. 죽어서도 저는 박씨 집안의 며느리인 거지요. 한데 도련님이 연꽃무당을 못 잊어 죽어가고 있다는 소식을 들었답니다. 머지않아 혼인할 사람이 죽을지도 모른다는 생각을 하니 눈앞이 캄캄해졌어요. 어떻게 해서든 도련님을 살려 내리라 마음을 다잡았지요. 그리하지 않으면 제 처지가 어찌 되겠어요? 너무 가련하지 않겠어요? 하니 연꽃무당, 내 이리 와 부탁드리는 건 도련님을 위한 게 아니랍니다. 나를 위해 부끄러움을 무릅쓰고 찾아왔어요."

연화는 긴 숨을 내쉬었다. 저를 위해 예까지 찾아왔다고? 그렇다면 차라리 잘된 일인지도 몰랐다. 세현 도령을 위해 찾아왔다는 말보다 마음이 훨씬 가벼웠다. 여인의 마음을 이해 못 할 것도 없었다. 저였어도 어떻게 하든 정혼자를 살려 내기 위해 방법을 갈구했을 터였다. 세상에! 얼마나 억울한 일일까. 옷깃 한번 스쳐 보지 못한 남자를 위해 평생 수절해야 하다니! 그런데 정말로 그게 다일까? 연화는 꿰뚫기라도 할 듯 여인의 얼굴을 빤히 바라보았다.

"아씨, 송구합니다. 도련님을 구하고 안 하고는 소녀 능력 밖의 일이랍니다. 하오나 걱정 마세요. 병환으로 고생은 하시겠지만 실성하거나 죽지는 않을 병이랍니다. 워낙에 마음이 허약한 분이랍니다. 하여 몸에도 병이 드신 게지요. 제가 드릴 수 있는 말은 이것뿐이랍니다."

그를 다시 보지 않기로 맹세한 터였다. 이어지지 않을 인연이라면 피눈물을 흘리는 한이 있어도 이쯤에서 끊어야 했다. 여인은 눈시울을 붉혔다. 참으로 모진 사람이구나 했다. 연화는 고개를 돌리고 앉아 염주를 돌렸디. 늘 그렇듯 어서 나가 주십사 하는 뜻이었다. 백팔 개의 염주를 하나하나 돌리는 중에도 잡념이 끼어들었다. 이 여인이 두 번 다시 제 삶에 끼어들지 않게 해 주소서. 이 번뇌에서 어서 벗어나게 해 주소서. 그러나 마음이 비워지기는커녕 욕망으로 꽉 채워졌다.

여인이 일어서는 기척이 났다. 연화도 따라 일어서며 공손히 인사를 올렸다. 여인은 눈물 배인 눈으로 연화를 바라보았다. 하지만 연화는 보지 않으려 눈을 내리깔았다. 첫 느낌이 되살아나는 기분이 들었다. 마음속이 거센 물결로 일렁거렸다. 저 자신을 위한 것이라고 했으나, 세현 도령을 위한 마음이 없다면 예까지 찾아올 리 없었다. 그제야 세현 도령을 향한 여인의 마음이 헤아려졌다. 또한 여인은 결코 곱지 않을 저에게 험담 한마디 않고 일어섰다. 마음의 맑기가 깊은 호수와도 같았다. 타인을 배려하는 마음이 한이 없는 사람이었다. 고결한 이 여인 앞에서 연화는 무릎이 푹 꺾이는 기분이 들었다.

연화는 오래도록 신단을 올려다보았다. 그러나 벌집 쑤시듯 혼란스런 마음은 여전했다. 세현 도령의 얼굴이 뇌리에서 떠나질 않았다. 이러지도 저러지도 못하는 약한 사람……. 그의 아픔이 전해져 가슴이 찢어지는 것만 같았다. 연화는 벌떡 일어나 반닫이 안에서 주머니 하나를 꺼냈다.

"은초롱아, 저잣거리로 나가자꾸나!"

소리 내어 은초롱을 불렀다. 불경을 외워도, 염주를 돌려도 마음이 가라앉지 않았다. 은초롱을 앞세우고 어디든 쏘다녀야 막힌 속이 뚫릴 듯했다.

"언니, 이 시각에 장터에 가시게요?"

은초롱이 강아지마냥 날쌔게 달려 들어왔다.

"그래, 장터에 가서 볼 일이 좀 있단다."

은초롱이 상 위에 놓여 있는 주머니를 내려다보더니 화들짝 놀라 물었다.

"그건 가락지들이 들어 있는 주머니잖아요? 언니, 혹 그것들을 팔려고 그래요?"

"그건 네 알 것 없고, 어서 갈 차비나 해."

연화는 주머니를 힐긋 내려다보았다. 돈깨나 있는 양반집 아낙들이 복채로 내놓은 보석들이었다. 못 받아도 백 냥은 될 터였다. 그것으로 곡식을 사면 수십 명이 한 달은 먹을 양식이었다. 마루에게 전할 생각이었다. 그들이 적어도 배를 굶주리지나 않았으면 해서였다.

횃불 밝힌 장터는 오가는 사람들로 활기를 띠었다. 오일장이 열렸어도 요 근래 장터는 파리가 날릴 지경이었다. 장사꾼이나 손님들이나 다들 풀이 죽은 얼굴로 장터를 오갈 뿐이었다. 하지만 웬일인지 장터에는 사람들이 북적거렸다. 연화는 보석을 사고파는 곳으로 빠르게 걸어갔다.

"후하게 쳐 주세요."

연화가 늙수그레한 장사꾼한테 말했다. 보석 장사꾼은 저울 위에 금가락지들을 올려놓고 유심히 재었다.

"허! 이 귀한 걸 턱 내놓은 손님도 다 있었나 보우?"

연화는 고개만 끄덕일 뿐이었다.

"허긴 살 만한 마님들한텐 이깟 금가락지 하나쯤이야 우습지. 연꽃보살, 안 그러우?"

"그러한가 봅지요. 한데 장터에 웬일로 사람들이 이리 많아요?"

"악질 수령 놈이 사라지고 나니, 다들 맘이 편해 장을 보러 나온 거잖우. 뭐 변변찮은 거야 없겠지만 재미가 나서 말이우. 헌데 신임 군수가 봉기군 우두머리들을 살살 꼬드기고 있다지? 요구를 들어줄 터이니 봉기를 자제해 달라면서 말이우."

장사꾼은 의기양양해서 연신 주절댔다. 그러자 옆에 앉은 장사꾼이 끼어들며 말했다.

"흠! 백성들이 그리 들고 일어났는데 어느 작자라고 꼬랑지를 안 내리겠소!"

"그렇고말고! 한데 그 작자가 봉기군하고 의논을 하시겠다! 쳇, 어림도 없는 수작이지!"

어느새 사람들이 모여들어 신임 군수에 대한 이야기를 주고받았다. 사람들은 그를 믿지 않았다. 백성들을 향한 그의 회유책을 한껏 비아냥거릴 뿐이었다.

"요새같이 맘 편히 산 적은 내 한 번도 없었어!"

"그러믄요! 요것이 어떻게 만들어 놓은 세상인데요!"

"새 수령이란 놈, 수작만 부려 봐라! 까딱했다간 그놈도 관아에서 끌어내릴 판이구먼! 우리 봉기군이 눈 시퍼렇게 뜨고 있다고!"

"아무렴, 그렇고말고!"

사람들의 목소리가 밤하늘로 울려 퍼졌다. 우렁찬 외침 속에서 그들은 그 무엇과도 타협할 수 없음을 이야기했다.

다시 일어난 봉기

　안성장터는 군중들로 발 디딜 틈이 없었다. 수천에 이르는 군중들이 다시 모여 결의를 다지고 있었다. 각양각색의 깃발들이 펄럭였다. 보국안민!* 척왜양창의!** 구호를 써 내려간 황색 깃발이, 방위를 나타내는 오색 깃발이, 그리고 각 고을을 나타내는 붉은 깃발이 여기저기 내걸렸다. 모여 선 사람들의 모습도 가지각색이었다. 의관을 차린 자가 있는가 하면 이마에 수건을 질끈 동여맨 자, 더벅머리 총각, 지팡이를 짚은 노인, 어린이와 아낙들이 있었다. 각기 다른 사람들은, 그러나 한가지 뜻으로 봉기에 합세했다. 하늘 아래 사람은 모두 똑같다. 사람답게 살기 위한 행군이었다.

---

* 보국안민(輔國安民) 나라를 보호하고 백성을 편안하게 하다.
** 척왜양창의 (斥倭洋倡義) 왜놈과 양놈을 척결하고 뜻을 펼치다.

그들은 두 눈 부릅뜨고 기꺼이 그 뜻에 동참했다.

고을 계주 최봉석의 연설이 끝나자 우레와도 같은 함성이 울려 퍼졌다.

"간악한 외세 무리들을 내쫓읍시다!"

"탐학한 관리들과 양반들을 처단합시다!"

군중들은 절규와도 같은 목소리로 구호를 외쳤다. 살기 위한 싸움이었다. 때문에 목숨을 내걸지 않고는 이룰 수 없는 싸움이었다.

군중들이 구호를 외치며 각 고을로 흩어질 무렵이었다.

"언니, 언니, 봉기군이 양반 지주 놈들 집을 쳐들어간대요!"

은초롱이 마당으로 쏜살같이 달려오며 외쳤다. 마당에서 서성이던 연화는 어금니를 꼭 깨물었다.

"그들이 어느 쪽으로 가든?"

"그, 글쎄요…… 아무렇게나 여기저기로 가던걸요?"

"으음……."

연화는 절로 신음 소리가 나왔다. 어쩐 일인지 자꾸 세현 도령의 영이 비친 탓이었다. 먹구름 같은 검은 기운이 그를 에워싸는 환영이었다. 좋지 않은 징조였다. 그네들이 박 참판 댁이라고 그냥 넘어갈 리 없었다. 덕망이 높다 한들 박 참판은 노비와 머슴을 수십 명씩 둔 만석꾼 집안이었다.

"안 되겠다. 은초롱아, 집 잘 지키고 있어라. 어머니한테는 볼 일이 있어 나갔다고 해 두고."

 다른 건 몰라도 박 참판 어른 댁은 그냥 두고 볼 수 없었다. 어떻게 하든 화를 면하게 해 주어야 했다. 집을 나서는 연화의 마음은 바쁘기만 했다.

 조금 떨어진 곳에 박 참판 댁 솟을대문이 보였다. 대문은 활짝 열려 있고, 웅성거리는 소리가 들렸다. 정신없이 뛰어온 탓에 연화는 발바닥이 화끈거렸다. 헝클어진 머리카락이며 풀어헤쳐진 옷고름이 반쯤 혼이 나간 사람 같았다. 대문 안으로 들어선 연화는 아연해 몸을 휘청했다. 둘러선 사람들 틈으로 무릎을 꿇고 앉은 박 참판 댁 내외가 보였다.

 고개를 떨구고 있는 두 내외의 모습은 참담하기 짝이 없었다. 연화는 눈시울이 붉어졌다. 제 자신을 팽개친 채 봉기군 앞에 무릎을 꿇었다.

 "소녀, 부탁드려요. 부디 이 댁 어른들한테 선처를 내려 주세요."

 몽둥이를 치켜들고 있던 장정들이 어이가 없어 연화를 보았다.

 "제발 부탁드려요. 어서 몽둥이를 내려 주세요. 소녀, 이 댁 어른들을 잘 알고 있는 터입니다. 덕망이 높은 분들이라 부리는 종과 머슴 중 한 번도 불평하는 걸 들어 본 적이 없어요. 그간 이 댁 어른들께서 행하신 걸 생각하셔서 부디 물러가 주세요."

"허! 이보시오, 연꽃무당, 자네가 나설 때나 마땅히 나서시오! 참판 나리 아니라 조정에 있는 임금일지라도 심판 받아 마땅한 세상이라오. 수백 년 묵은 백성들의 원한을 생각하면, 이보다 더한 곤욕도 받아 마땅한 자들이지 않소?"

"조정에 계신 임금님은 내 알 바 아니에요. 허나 대나무골 참판 어른 댁은 어릴 적부터 잘 알고 있는 터입니다. 이분들이 그간 백성들한테 어디 해를 주신 분이던가요? 단 한 번도 수탈을 하거나 탐학을 하신 적이 없는 분들이랍니다. 한데 그리 가리지 않고 징계를 하신다면, 민심에도 동요가 일 게 분명합니다."

연화는 어금니를 깨물었다. 치켜뜬 두 눈에 눈물이 고였다. 몸을 피하라고 방도를 주었더라면 이리 욕을 보지 않았을 터였다. 저를 어찌 생각할까 몰라 방치한 게 말할 수 없이 후회되었다.

장정들이 들고 있던 몽둥이를 내렸다.

"연꽃무당, 참판 어른이 덕이 높다 한들 양반 지주인 것만은 사실이오. 수탈이 드러내 놓고 갈취하는 것만이 다인 줄 아오? 우리가 이리 나서는 게 어디 개인 한 사람을 두들기고자 한 것이오? 잘못된 제도를 뜯어 고치자 하는 결의에서 나온 것이라오. 박 참판은 백성들 편에 서서 제도를 고려한 적이 없는 자요. 이득이란 이득은 다 챙기고 콩고물 나눠 주듯 그저 선심을 썼을 뿐이오. 한데 덕망이 높은 분이라 고마워해라! 참으로 낯 뜨거운 소리요. 허나 자네가 박 참판을 잘 알고 있다니 물러가오. 그간 박 참판이 행한 걸 고려하는 것이오. 허나 이번 한 번뿐이오. 또다시 우리가 하는 일에 나섰다간 자네까지 욕을 볼 줄 아시오!"

봉기군은 마땅치 않은 얼굴로 물러섰다. 연화는 몸을 웅크린 채 죽은 듯이 엎드려 있었다. 그들이 대문 밖으로 사라지자 비로소 깊은 숨을 내쉬었다.

머슴들이 달려와 박 참판과 안방마님을 일으켜 주었다.

"이놈들, 놓아라!"

박 참판이 착 가라앉은 목소리로 말했다. 인자하기만 하던 얼굴이 사납게 일그러졌다. 박 참판은 비참하기 이를 데 없었다. 난이 일어났다 해도 이렇게까지 모욕당할 줄 꿈에도 생각하지 못했다.

"참판 어른, 용서하세요. 미리 방도를 주었더라면 몸을 피했을 터인데 소녀가 부족했사옵니다."

연화가 박 참판 뒤에 서서 고개를 조아렸다. 박 참판이 멈춰 섰다. 까칠한 얼굴에 쓸쓸한 빛이 스치고 지나갔다. 허망함이 가슴을 짓눌렀다. 죽을 때까지 지고 가야 할 수모에 치를 떨었다. 박 참판은 뒤도 돌아보지 않고 휘청휘청 내실로 걸어갔다. 노비들과 머슴들이 마당에 무릎을 꿇고 앉아 통곡했다.

"네가 저 흉악한 놈들의 앞잡이더냐?"

안방마님이 언성을 높이며 연화를 노려보았다.

"왜 묻는 말에 대답이 없느냐? 이제 네 눈에도 위아래가 안 보이더냐? 너, 참으로 많이 컸구나. 무당으로는 성이 차지 않았던 게냐? 내 아들을 저 지경으로 만들어 놓고도 분에 차지 않았더냐? 요망한 것 같으니라고! 썩 물러가라!"

연화는 땅바닥에 엎드려 통곡했다.

"마님, 오해 마세요. 천한 제가 어찌 이 댁 어른들을 없이 여기겠습니까? 그리했다면 천벌 받아 마땅한 일이지요."

"오해 말라고! 이런 돼먹지 못한 무당 년 같으니라고! 예가 어디라고 발을 들여놓아!"

무당 년이라는 소리에 연화는 억장이 무너져 내렸다. 그 무당 덕에 귀한 딸을 구하지 않았던가. 참을 수 없는 분노가 솟구쳤다. 할머니의 은덕을 악담으로 푸는 저 아낙을 용서할 수가 없었다.

"마님, 지체 높으신 분이라고 그리 함부로 말씀 마세요. 무당인 제 할머니가 보화 아씨를 살려 내지 않았던가요?"

"무, 무어라고? 이년이 터진 입이라고 잘도 놀리는구나! 이놈들아, 당장 저 무당 년을 끌어내지 않고 무엇하고 있는 게냐?"

노비들과 머슴들이 벌떡 일어나 연화한테로 달려갈 때였다.

"어머니, 그 사람을 놔두세요."

방문이 열리더니 꺼질 듯한 목소리가 들렸다. 연화는 고개 들고 소리나는 쪽을 올려다보았다. 세현 도령이었다. 세현 도령이 야윈 얼굴로 맥없이 연화를 보고 있었다. 안방마님이 연화를 노려보더니 내실로 휙 걸어갔다.

"어서 일어나라. 네가 예까지 찾아오다니……."

"도련님, 용서하세요……. 병환이 나셨다는 소식 듣고 소녀, 몸 둘 바를 몰랐나이다."

"내 병이야 시간이 지나면 나을 터이지……."

"속히 몸 보전하셔서 하는 일에 정진하세요."

"아무렴, 그리해야지."

연화가 절을 하고 물러설 때였다. 돌아서는 연화를 세현 도령이 불렀다.

"연화야, 내 너한테 하나 물어보자. 네가 마루라는 네 식솔과 내통하고 있다던데 사실이더냐? 하면 너도 그자들과 한 패거리더냐?"

연화는 뭐라 대답해야 할지 알 수가 없었다. 고개 숙인 채 제 신발 앞코만 내려다보았다. 그러나 황망한 가운데 불현듯 한 가지 사실을 떠올렸다. 저들의 신념과 행동을 제 마음으로 밀어주고 있다는 사실이었다. 연화는 그들의 뜻이 진리라는 것을 깨닫고 있었다. 때문에 진심으로 그들의 뜻이 이루어지기를 기원하고 있었다.

"도련님, 봉기에 나선 적은 없으나 저 또한 그들의 말에 귀 기울이고 있답니다. 그들의 뜻이 진리라는 사실을 차츰 깨달은 탓이옵니다."

 세현 도령의 얼굴에 씁쓸한 빛이 스며들었다. 곧 치고 올라오는 분노로 얼굴이 벌겋게 달아올랐다. 평생을 두고도 회복할 수 없는 열패감이 들었다. 세현 도령은 연화를 외면했다. 방문을 닫는 손끝이 잘게 떨렸다. 다시는 너를 보지 않으리라. 너 따위는 이제 완전히 잊으리라. 돌아앉은 그는 어금니를 깨물었다.

 연화의 눈에 눈물이 그렁했다. 꽉 닫힌 방문을 바라보는데 가슴이 멍해 왔다.

 '도련님, 진정으로 저를 연모하셨나요?'

 모든 게 허망했다. 사람과의 인연도, 연모의 정도 이토록 극한 상황에서는 한낱 물거품과도 같은 것이었다. 연화는 가슴이 찢어질 듯 아려 왔다. 그제야 세현 도령과의 인연이 완전히 끝났음을 깨달았다.

 연화가 박 참판 댁을 걸어 나오는 그 시각이었다. 마루가 봉기군을 앞세우고 김 참봉 집을 들이닥쳤다.

 "네 이놈들! 이 방자한 놈들! 예가 어디라고 감히!"

 김 참봉은 장정들한테 끌려 나오는 내내 발악했다. 장정들이 김 참봉을 결박한 뒤 마당에 메다꽂았다.

 "이…… 쳐 죽일 놈들!"

 욕설을 내뱉는 김 참봉의 입을 장정들이 틀어막았다. 마루는 입을 꾹 다물고 김 참봉을 바라보았다. 그사이 김 참봉은 머리가 하얗게 센 중늙은이가 되어 있었다. 그의 얼굴에 피어난 검버섯이 세월의 흐름을 일깨워 주었다. 어미와 아비가 죽은 지 팔 년 만의 일이었다. 죽은 어미와 아비의 모습이 떠오르자 마루는 피가 거꾸로 솟구치는 듯했다.

"네가 참봉 김학규더냐?"

놈의 꼬락서니를 샅샅이 훑어본 뒤 상투를 틀어잡으며 물었다. 김 참봉이 눈을 희번덕이며 마루를 노려보았다.

"허면 머슴 바우를 아느냐? 여덟 해 전 네놈한테 맞아 죽은 바우 내외를 아느냐? 내가 바로 바우의 아들이다."

마루의 목소리가 크게 떨렸다. 분노로 두 눈이 이글거렸다. 마음 같아서는 놈의 목을 비틀어 버리고 싶었다. 아비 어미가 당한 대로 멍석에 둘둘 말아 죽을 때까지 두들기고 싶었다. 하지만 마루는 있는 힘을 다해 참아 냈다. 함부로 살인을 저지르지 말라는 계의 묵언이 있었다. 무엇보다도 연화의 말이 떠올랐다. '사사로운 감정에 휩싸이면 혜안을 잃는 법이라 했어.' 마루는 마음의 중심을 잡으려 이를 악물었다.

"살려 주시오…… 살려 주시오……."

그제야 김 참봉이 벌벌 떨었다. 땅바닥에 이마를 짓찧으며 두 손을 싹싹 비볐다.

"그리 살고 싶으냐?"

마루가 코웃음을 쳤다. 김 참봉이 사시나무 떨듯 벌벌 떨며 고개를 끄덕였다.

"흠! 내 어미 아비를 때려 죽이고 너는 살고 싶다! 이보시오, 이자를 어찌하오리까?"

장정들이 들고 있던 몽둥이로 놈을 흠씬 두들겼다.

"아이고! 아이고!"

김 참봉은 몸을 이리저리 뒤척이며 죽는 시늉을 했다.

"그만 됐소이다!"

마루가 외친 뒤 축 늘어져 있는 김 참봉을 내려다보았다.

"그리 살고 싶으냐?"

김 참봉이 다급하게 고개를 끄덕였다.

"허면, 네 다시는 부리는 자들의 몫을 가로채지 않겠느냐? 아니, 그들에게 주는 몫을 지금의 배로 올려 주겠느냐? 아니, 아니, 네 다시는 생명을 해하지 않겠느냐?"

김 참봉은 정신없이 고개를 끄덕였다. 아무렇게나 살려만 주십사 손을 맞비볐다. 애걸복걸하는 중늙은이의 모습은 미천한 생물마냥 비루하기 짝이 없었다.

"이보시오, 저놈 입에 물린 띠와 결박을 풀어 주시오."

결박에서 풀려난 김 참봉은 마당에 털썩 주저앉았다. 곳간으로 달려가는 장정들을 십년감수한 얼굴로 멍하니 바라보았다. 곳간에는 쌀가마가 천장에 닿을 듯 재어 있었다. 마루는 기가 찼다. 몇 해 동안 가뭄이 들어 쌀 구경하기가 어려운 판국이었다. 그런데 놈의 곳간에는 쌀가마가 넘치도록 쌓여 있었다. 불 보듯 뻔한 일이었다. 소작농들의 몫을 갈취하여 제 목구멍만 채웠을 터였다. 또한 수십 가지 이유를 들어 머슴의 새경을 가로챘을 터였다.

"곳간에 있는 곡식이란 곡식은 모두 들어내시오! 그동안 저 놈은 잘 먹고 잘살았으니 한 톨도 남기지 말고 몽땅 들어내시오!"

마루가 치를 떨며 외쳤다. 김 참봉은 가슴이 무너져 내리는 것만 같았다. 살아난 듯하자 또다시 탐욕이 목구멍까지 차올랐다. 제 살점이 뚝뚝 떨어져 나가는 것마냥 쌀가마가 아까웠다. 발을 동동 구르던 김 참봉이 이를 악물었다. 장정이 마지막 쌀가마를 져 나를 때였다.

"마루, 피하시게!"

외치는 소리에 마루가 재빨리 몸을 피했다. 마루가 서 있던 자리로 김 참봉이 꼬꾸라졌다. 단도를 쥔 손을 벌벌 떨고 있는 채였다.

"간교한 놈! 내 죽이지 않고 그냥 가려 했거늘!"

마루는 온몸의 피가 솟구친 듯 얼굴이 검붉어졌다. 부릅뜬 눈알이 튀어나올 듯 부리부리했다. 마루는 쥐고 있던 칼을 높이 치켜들었다. 김 참봉을 향해 있는 힘껏 칼을 내리꽂았다.

"읍."

짧은 비명과 함께 물컹한 육신의 느낌이 손끝으로 전해졌다. 검붉은 핏방울이 튀어 마루의 얼굴에 번졌다. 순간, 데일 듯 뜨거운 기운이 온몸으로 확 퍼지는 기분이 들었다. 마루는 칼자루를 움켜쥔 채 두 눈을 질끈 감았다.

안핵사

 봉기가 가라앉길 기다려 안핵사 이태형이 안성에 도착했다. 이태형은 봉기의 진상을 조사하는 안핵사의 소임을 맡은 자였다. 그러나 신임 군수 박원상보다 이십여 일이나 늦은 처서 무렵 안성으로 내려왔다. 병을 핑계 대며 내려올 시간을 차일피일 미루었다. 벌 떼처럼 일어나는 봉기군한테 맞아 죽을까, 몸을 사렸던 것이다. 그러나 안성에 도착한 그는 혼자가 아니었다. 무장한 백여 명의 관군이 그를 보위하고 있었다.
 동헌 마당에는 창칼 든 병졸들이 도열해 있었다. 금방이라도 전쟁터로 나갈 듯 그 기세가 삼엄했다.
 군수 박원상은 당도한 이태형을 내실로 맞아들였다. 찻상을 마주하고 앉았으나 불편하기 짝이 없는 자리였다.

"박 군수, 이곳에 부임한 뒤 내내 회유책을 폈다지요?"

침묵을 지키던 이태형은 묻고 나서 입을 꾹 다물었다. 어금니를 깨물자 귀밑 단단한 턱 근육이 사납게 꿈틀거렸다.

"그러했소이다."

박원상은 짧게 대답하고 나서 이태형을 힐긋 보았다. 이태형은 표정 없는 얼굴을 하고 있었으나 눈빛이 교묘하게 반짝거렸다. 안핵사로 파견되기 전 그는 수원 부사를 지냈다. 수원 부사로 있을 적에 그는 악명 높은 관리였다. 벼슬아치 중 포악하기가 제일로 꼽히는 자였다. 그가 안핵사로 온다는 소식에 박원상은 통탄했다. 밤잠을 설칠 정도로 마음이 편치 않았다. 미흡하나마 회유책이 조금씩 빛을 발하고 있을 무렵이었다. 봉기군과 농민 대표를 몇 차례 만나 폐단을 시정할 것을 논의했다. 그리고 요구를 들어주는 대신 그들로부터 본업에 충실하겠다는 조건을 받아 냈다.

"한데 박 군수는 그 정책이 옳다 생각하시오?"

이태형이 다시금 물었다. 낯빛 하나 달라지지 않는 모습이 어느 순간 꼬투리를 확 잡아챌 것 같은 기세였다.

"민심을 사로잡는 방법이 무엇보다 중요할 듯하여 그러한 방법을 택했소. 그 덕에 몇 개월에 걸친 소요가 가라앉고, 백성들은 모두 본업에 충실하고 있소이다."

박원상이 당당히 말했다.

"소요가 가라앉았다? 허, 참으로 안이하기 짝이 없구려! 남도에서 일어나는 소요에 각 고을 난민들이 속속들이 가담하고 있다는 걸 참말 모르시오? 악랄한 그놈들한테도 회유책을 쓰면 가라앉을 듯하오?"

이번에 박원상은 머뭇거렸다. 몰아치는 그의 말에 마땅히 응대할 대답이 없어서였다. 봉기군이 곧 남도로 내려가리라 짐작했으나 관여하지 않았다. 관여한다 해도 그들의 투지를 꺾지는 못할 터였다. 쉬 끝나지 않을 싸움이라는 걸 깨달은 탓이었다. 남도에서는 각 도의 봉기군이 모여 고을을 장악하고 있다 들었다. 그러니까 각 도의 봉기군이 연합하고 있다는 그의 말은 사실이었다.

"글쎄올시다……. 허나 방책을 달리했더라면 일이 그리 크게 번지지는 않았을 듯하오. 하니 민심을 살피지 않은 관리들의 탓 또한 크지 않겠소?"

"허, 당치 않는 소리! 이보시오, 남도는 지금 발칵 뒤집혔소이다. 벼슬아치 구슬아치들이 죽어나고 관군과 병졸들이 떼죽음당했다 하오. 한데 미친 망아지처럼 날뛰는 놈들한테 회유책을 쓰라? 민심을 살피라? 어림도 없는 소리요!"

이태형이 주먹을 부르르 떨었다.

"대감, 고정하시고 내 말 좀 들어 보시오. 그간 백성들의 이야기를 들으면서 내 느끼는 바가 참 많았소. 그들의 고충을 낱낱이 들어 보니 불만이 쌓일 만도 했겠소이다. 가슴에 사무친 원한이 태산과도 같더이다. 한데 그들을 무력으로 진압했다간 큰 충돌만 일으킬 듯하였소. 하여 그들의 마음을 다독여 주는 게 먼저라 생각하였소이다."

"뭣이라? 가슴에 사무친 원한이라? 박 군수, 지금 제정신이오? 역적들이 지껄이는 소리를 수령이란 자가 내뱉고 있다니! 난민들을 회유하더니 그자들과 내통이라도 한 게요?"

이태형은 짐짓 목소리를 높였다. 이참에 군수의 기를 완전히 꺾어 놓을 참이었다. 박원상을 옴짝달싹 못하게 한 뒤 제 뜻대로 고을을 주무를 심산이었다. 그러나 박원상도 물러서지 않았다. 놈의 손에 고을을 내맡기지 않을 터였다.

"그리 억지를 부리시니 내 할 말이 없소이다. 허나 대감의 뜻대로 고을을 통치했다가는 잠잠해진 안성 고을에도 다시 난이 일어날 게 뻔하오. 백성들은 비로소 나를 믿고 따르고 있소. 하여 백성들과의 약속을 저버릴 생각은 내 추호도 없소!"

"이, 이런…… 박 군수가 참으로 폭도들과 한통속이 되었구려! 한데, 이 사실을 조정에 알리면 대감은 어찌 되는 줄 아시오? 고을을 다스리는 수령이 폭도가 되었으니 그 죗값은 능지처참되고도 남을 일이오!"

박원상은 계속되는 이태형의 억지소리에 할 말을 잃었다. 분노가 치밀어 올랐다. 당장이라도 그를 끌어내려 관아 밖으로 내치고 싶었다. 하지만 직책상 윗자리에 있는 안핵사와 맞설 수가 없었다. 그 또한 위계를 뒤엎는 반역 중의 반역이었다.

"날이 밝는 대로 주모자들을 모두 잡아 가두시오!"

기어코 이태형이 제 뜻대로 명을 내렸다.

"대감, 명을 거두시오! 백성들은 이제 겨우 마음 잡고 저희 일들을 하고 있소이다!"

박원상은 하는 수 없이 고개를 조아렸다. 참으로 지독한 놈이었다. 무릎 꿇고 애원한다 한들 청을 들어줄 리 없었다. 이태형은 고개를 돌리고 앉아 어금니를 질끈 깨물었다. 곧 관아 마당에 빽빽이 서 있는 병졸들에게 외쳤다.

"밖에 있는 병졸들은 듣거라! 동이 트는 대로 온 고을을 뒤져 폭도들을 잡아오너라! 한 명도 빠지지 말고 모두 잡아 오너라. 그리하지 못할 때는 너희 놈들이 대신 형틀에 매일 줄 알아라."

관아 병졸 말고도 이태형이 소집해 온 관군은 백여 명이나 되었다. 봉기군을 진압하기 위해 철저히 훈련 받은 소군대였다. 그들은 이미 각 고을에 숨어들어 마을을 포위하고 있었다.

"마루, 피하시게!"

축시가 지날 무렵이었다. 야밤에 장정 서너 명이 숨을 헐떡이며 연꽃무당 집으로 달려왔다.

"무슨 일이오?"

마루가 잠자리에서 벌떡 일어나 눈을 치뜨며 물었다.

"안핵사가 봉기군들을 잡아들이려 한다오! 이야기는 차차 하고 어서 몸을 피하시게!"

상황을 파악한 마루는 가슴이 철렁 내려앉았다. 분노로 얼굴이 벌겋게 달아올랐다.

"서운산으로 봉기군들이 도망치고 있소. 날이 밝는 대로 관군들이 쳐들어올 테니 어서 서두르시오."

마루는 급히 옷을 입고 마당으로 나갔다. 사람들 기척에 잠이 깼는지 신방에 불이 켜져 있었다. 연화가 촛불을 켜 놓고 예불을 드리는 참이었다. 무슨 일이 일어나고 있는지 뻔히 알면서도 밖을 내다보지 않았다. 가슴을 졸이며 마루의 몸이 상하지 않기만을 간절히 기원하고 있을 것이다. 마루는 주위를 살피며 재빨리 집을 나섰다.

날이 밝자, 창칼 든 관군들이 민간인들의 집에 들이닥쳤다. 그동안 이태형은 이를 악물며 봉기가 가라앉길 기다렸다. 백성들의 기세가 가라앉고 나면 일시에 덮칠 생각이었다. 그리고 그의 계산은 맞아떨어졌다. 봉기군은 관군들 앞에서 속수무책이었다. 갑작스레 들이닥친 관군들한테 저항할 새가 없었다. 오랏줄에 묶인 채 줄줄이 끌려갈 뿐이었다. 끌려가는 사람들은 봉기 주모자들뿐만이 아니었다. 봉기에 단순 가담한 남자들이나 노인들, 어린 남자아이들까지 모조리 엮어 들어갔다. 그러다 보니 온 고을의 남자들이란 남자들은 모두 끌려가고 있는 판국이었다. 고을은 순식간에 아수라장이 되었다. 백성들은 겁에 질려 문밖을 나오지 않거나 아예 도망쳤다.

"네 이년, 연꽃무당은 나오너라!"

진시 무렵이었다. 병졸들이 떼로 몰려 연꽃무당 집을 들이닥쳤다. 오래도록 예불을 드리던 연화는 천천히 눈을 떴다.

'아귀같이 사납고 더러운 기운이 온 고을 헤집고 다니더니 기어코 내 집을 덮치는구나……'

연화는 깊은 숨을 내쉬었다. 그들이 닥칠 줄 알았으나 피하지 않은 건 소용없음을 알고 있어서였다. 식구들 중 누가 다쳐도 다칠 일이었다. 다치기는 하나 제발 죽지는 말았으면……. 피할 방도가 없는 게 운명임을 아는 까닭에 다만 기도하는 일밖에는 할 수가 없었다. 이윽고 큰방에서 문 열리는 소리가 났다. 어머니가 나갈 터였다. 업 많은 딸을 둔 탓에 어머니는 매번 죽을 고비를 넘기고 있었다.

"연꽃무당이라 하면 내 딸이오만 어인 일로 그 아이를 찾으시오……?"

 어머니의 목소리는 여느 때 같지 않았다. 날아오를 듯 카랑카랑하던 목소리가 폭 수그러들었다. 어머니는 주눅이 들어 마주 선 병졸을 쳐다보지도 못했다. 서 있는 두 다리가 사정없이 후들거렸다. 쥐고 있는 주먹도 보기 안쓰러울 정도로 떨고 있었다.

 "연꽃무당이란 년이 주모자 강마루와 내통하고 있다는 소식이 들어왔다."

 "아이고, 가당치 않은 소리 마오! 예 앉아 점이나 보는 아이가 어찌 그런 일에 연루되었다 하오? 마루는 내 데려다 키운 양아들이라오. 허나 우리도 얼굴 본 지가 꽤 오래되었소. 그러니 제발, 우리 딸아이 좀 살려 주소."

 어머니는 창을 든 병졸의 팔을 덥석 잡았다. 딸아이만 살려 준다면 무어 아까울 게 있을까. 무릎이라도 꿇고 빌라 하면 빌 참이었다. 살점이라도 떼어 달라면 떼어 줄 참이었다.

 "시끄럽다! 당장 연꽃무당은 밖으로 나오너라."

 병졸이 어머니를 뿌리치며 외쳤다. 에구구…… 어머니가 마당으로 맥없이 꼬꾸라졌다. 연화가 방문을 열고 밖으로 나왔다. 해사한 얼굴에 칼날과도 같은 냉기가 배어 있었다. 연화는 두 눈을 부릅뜨고 놈들을 하나하나 살펴보았다. 전생에 진 업이 태산만큼이나 높은 놈들이었다. 그렇다고 죽어 통 큰 귀신이 될 놈들도 아니었다. 필시 자잘한 요괴가 되어 사람들에게 들러붙을 자들이었다.

결박당한 채 연화는 병졸들한테 질질 끌려갔다. 어머니와 은초롱이 길을 따라 나오며 울부짖었다. 애끓는 울음소리가 내내 귓가를 울렸다. 울지 말아요……. 연화는 마음이 약해질까 뒤돌아보지 않았다. 끌려가는 제 모습이 어서 식구들의 눈에서 사라져 주기만을 바랄 뿐이었다.

동구 밖을 벗어나자 더 이상 울음소리가 들리지 않았다. 한참을 걸어가던 연화는 고개 들어 고을을 에워싸고 있는 숲을 둘러보았다. 이 난리 통에도 계절은 아무 탈 없이 무르익어 가고 있었다. 발악하듯 빛을 발하는 검푸른 숲이 처연하게 아름다웠다. 그런데 눈을 돌리고 한 발짝 걸어갈 때였다. 숲에서 뻗어 나오는 어떤 기운이 한순간 연화의 가슴을 뚫고 들어왔다. 마치 커다란 물고기가 꼬리지느러미로 물 위를 세차게 내리칠 때와 같은 기운이었다. 생명의 힘을 담은 그 기운이 가슴속에서 확 퍼져 나갔다. 흐릿하기만 하던 연화의 눈에 생기가 돌았다. 다시금 숲을 바라보는 눈에서 반짝 빛이 났다. 마루였다. 마루가 틀림없이 저 숲 깊숙이 숨어 있는 거였다. 하지만 그 순간, 연화는 가슴이 쿵 내려앉았다. 끌려갈 때도 잔잔하기만 하던 마음에 걷잡을 수 없는 두려움이 몰려들었다.

'마루, 오지 마! 절대로 날 구하러 와선 안 돼!'

마루가 위태로웠다. 오늘이라도, 어쩌면 내일이라도 그가 곧 죽을 것만 같았다. 죽음의 땅에 몸을 내던지고 있으니 어느 누군들 위태롭지 않을까. 그렇게 고쳐 생각했으나 불안한 마음이 가시질 않았다. 마루, 그러니 절대 내게로 와선 안 돼! 연화는 숲을 향해 몇 번이고 되뇌었다.

천년의 사랑

날이 어두워질 무렵 옥에 갇힌 연화는 동헌 마당으로 끌려 나왔다. 핏자국이 선연한 형틀 옆에 의자가 놓여 있었다. 죄인이 앉아 몸이 틀어지는 형벌을 받는 의자였다. 병졸 둘이 연화를 의자에 앉혔다. 붉은 나무로 만든 주릿대를 치켜들고 상전의 명을 기다렸다.

연화는 사지가 벌벌 떨렸다. 오금이 저려와 저절로 몸이 꼬였다. 곧 닥칠 고문 앞에서는 불경을 외는 것도 하나 소용없었다. 아무리 의연해지려 해도 간이 쪼그라들 대로 쪼그라들었다.

"네가 연꽃무당이더냐?"

대청에 앉은 이태형이 입을 열었다. 괭이처럼 이리저리 굴리는 눈알이 금방이라도 저를 집어삼킬 것 같았다. 연화가 무겁게 다물어진 입을 떼며 대답했다.

"네가 귀신을 본다 하니, 주모자들이 은신한 곳도 볼 수 있으렸다?"

연화는 화들짝 놀라 등을 곧추세웠다.

"모르옵니다!"

"모른다?"

"소녀, 그저 죽은 영들이나 볼 뿐이옵니다. 천지의 일을 다 살필 능력이 있다면, 제 팔자가 어찌 이리 박복하겠나이까?"

"허면 지난 소요 때 다친 난민들을 치료해 준 건 무슨 이유에서였느냐? 그것도 모른다 할 참이더냐?"

"귀신 들어 병 앓는 이들을 제 신기로 돌보듯, 육신을 다친 그들을 돌보아 주었을 뿐이옵니다. 의술을 익힌 터라 간간이 작은 병이 들어 찾아온 이들을 고쳐 준 적이 있었나이다. 그저 가련한 마음이 들어 한 일이옵니다."

"발칙한 년! 점괘 풀듯 사설 한번 잘도 푸는구나! 역적질하는 놈들을 치료해 주고도 네가 살아남을 듯하더냐? 역적을 도왔다면 역절질을 한 것이나 다름없다는 걸 네 몰랐더냐?"

"소녀, 털끝만큼도 그 사실을 몰랐나이다. 생명을 귀히 여기라는 제 몸주신의 부름만 받고 행한 일이옵니다."

"흠! 역적놈들이 은신한 곳도 모른다! 제가 역적질한 것도 모른다! 허면 아무것도 모르는 년이 여태 고을 사람들을 등쳐 먹은 게로구나!"

연화는 입을 꼭 다물고 이태형을 올려다보았다. 말로는 당할 수 없는 자였다. 한 자가 넘는 혀를 놀리며 상대의 오장육부를 들쑤시고 있다. 하지만 그의 표적은 제가 아니었다. 한갓 무당을 잡아 놓고 심문할 만큼 한가한 자가 아니었다. 줄줄이 잡혀 온 봉기군을 고문하기에도 하루해가 모자랄 지경이었다. 그가 노리는 건 틀림없이 마루였다. 저를 볼모로 잡아 놓고 마루가 제 발로 찾아오길 기다리고 있었다. 마루가 저를 하늘처럼 떠받든다는 걸 놈은 이미 들었으리리.

"내 다시 묻겠다! 주모자들이 은신한 곳을 알고 있으렷다?"

"소, 소녀, 모르옵니다……."

"안 되겠다! 이년한테 주리를 틀어라!"

명이 떨어지기가 무섭게 병졸 둘이 연화한테로 다가왔다. 꼭 묶인 다리 사이에 주릿대를 끼우더니 인정사정없이 비틀어 댔다.

"아악!"

뱃속에서부터 솟구쳐 나오는 비명이 저절로 질러 나왔다. 살이 찢겨 나가는 아픔이었다. 온몸의 뼈가 모두 으스러지는 아픔이었다.

"그만 멈춰라!"

연화가 혼이 나간 듯 고개를 떨굴 때였다. 이태형이 명을 내린 뒤 주위를 둘러보았다. 들이치는 놈은 한 명도 없었다. 자지러들 듯한 비명 소리가 사라지자 동헌 안에는 침묵만 흘렀다. 이태형은 버릇인 듯 어금니를 질끈 깨물었다. 그러고는 대청 끝으로 다가와 연화를 지그시 내려다보았다.

"한성 중전 마마까지 보고 온 이름난 무당 년이 함께 산 동생 놈인지 오라비인지 하는 놈의 흔적을 따라잡지 못한다? 네 이년, 한 번 더 묻겠다! 마루와 주모자들이 어디 숨어 있는지 속히 고하렸다!"

놈은 억지를 부리고 있었다. 산신령도 도사도 아닌 무당이 천지의 일을 다 꿰뚫고 있으리라 생각할 리 만무했다.

"소녀…… 진정 모르옵니다…… 차라리 죽여 주시옵소서……."

"독한 년! 천년 만년 무당질이나 해 먹을 년! 여봐라, 이년한테 있는 힘껏 주리를 틀어라!"

"아아악……"

그러나 비명도 채 내지르지 못하고 연화는 고개를 푹 떨구었다. 아픔을 견디지 못하고 그만 혼절해 버리고 말았다.

"죄인을 어찌할까요?"

"으음…… 소문대로 지독한 년이구나. 형틀에 매어 찬물을 끼얹어라. 년이 깨어나거든 곤장을 내리쳐라."

"죄, 죄인이 주, 죽을 때까지 내리칠까요?"

"이, 이런 멍청한 놈! 년이 죽으면 달아난 놈들이 나타날 것 같더냐? 내리치되 안 죽을 만큼만 내리쳐라. 만약 저년이 죽는 날엔 너희들 목숨이 위태로울 줄 알아라!"

"네!"

분부를 받든 병졸들이 피범벅된 연화를 형틀에 묶었다. 그러고는 연화의 얼굴에 찬물을 한 바가지 퍼부었다. 연화가 작은 벌레마냥 몸을 꿈틀했다. 기다렸다는 듯이 병졸들이 곤장으로 연화의 몸을 힘껏 내리쳤다.

연화는 이를 악물었다. 수많은 바늘이 온몸을 콕콕 찌르는 듯한 고통이 몰아쳤다. 하지만 스무 대가 넘어갈 때부터는 아무런 고통이 느껴지지 않았다. 뜨거운 것이 몸에 닿았다 떨어졌다 하는 것만 겨우 감지할 뿐이었다. 온몸의 감각이 서서히 사라지고 있었다. 곧 죽을 것이었다. 스르르 맥이 끊길 터였다. 그래, 죽여라! 차라리 죽여서 육신의 고통을 끊어 주어라!

연화는 다시금 죽은 듯 고개를 떨구었다. 이태형이 얼굴을 잔뜩 찌푸렸다. "독한 년!" 이를 갈더니 내실 안으로 성큼성큼 들어갔다. 곧 내실 안 등불이 꺼졌다. 병졸들은 어찌할 줄 몰라 둘이서 눈만 마주쳤다.

"이제 그만 쳐야 할 것 같지 않아?"

한 놈이 연화를 살피며 물었다.

"그러다 내리치지 않는다고 불호령이 떨어지면 어떻게 허게?"

다른 한 놈은 안절부절못하며 몸을 사렸다.

"아니여, 더 치면 연꽃무당이 죽을 것 같구먼. 팔도 아픈데 우리도 좀 쉬자고."

"난 몰러. 불호령이 떨어지면 다 거기 책임이여."

놈들이 내실 눈치를 보며 숙덕대다 편치 않은 얼굴로 곤장을 내려놓았다.

축시 무렵이었다. 동헌 마당을 지키던 병졸 네 명이 졸음에 겨워 꾸벅꾸벅 졸기 시작했다. 밤새 불을 밝히던 횃불도 차츰 기운을 잃어 꺼질 듯 타올랐다.

그때, 어두운 동헌 마당으로 네 명의 장정들이 숨어 들어왔다. 병졸복을 입은 채 복면한 그들은 슬그머니 병졸들 뒤로 다가갔다. 이내 병졸들의 입을 틀어막고 있는 힘껏 숨통을 조였다. 병졸들은 비명 한마디 내지르지 못하고 그대로 꼬꾸라졌다. 형틀 앞을 지키고 서 있는 병졸 둘도 같은 방법으로 꼬꾸라뜨렸다.

몸집이 단단한 장정 한 명이 연화한테로 바짝 다가왔다. 그 기척에 연화가 소스라치게 놀라 고개를 들었다.

"쉿! 조용히 하세요!"

세상에! 마루였다. 병졸복을 입고 복면을 한들 못 알아볼까. 연화는 눈시울을 붉혔다. 울음소리가 터져 나올까, 있는 힘을 다해 이를 악물었다. 마루는 형틀에 묶인 연화의 손발을 재빨리 풀었다. 곧 연화를 들쳐 업고 담벼락 쪽으로 달려갔다. 나머지 장정들은 발소리도 내지 않고 동헌 북쪽으로 달아났다. 관아 북문을 통해 나갈 생각이었다. 함께 은거한 봉기 주모자 중 누이가 관비인 자가 있었다. 누이 덕에 그는 관아 안을 꿰뚫고 있었다. 장정들은 그가 그림 그리듯 설명해 준 관아 내부구조를 샅샅이 외웠다. 그리고 변장한 채 생명의 기가 가장 소진해 있을 축시 무렵, 관아로 숨어 들어왔다. 모두 봉기 대장 최봉석이 지시한 대로였다. 큰일 못지 않게 시사로운 일 또한 중요시 여기는 사람이었다. 연화를 구해 오겠다는 마루의 간청을 오랜 침묵 끝에 들어준 건 그런 이유에서였다.

연화를 들쳐 업은 채 마루는 꽉 닫힌 중문 담벼락을 뛰어넘었다. 발소리도 내지 않고 북쪽을 향해 달려갈 때였다.

"어인 놈이 죄인을 풀어 주었다!"

"난민들이 쳐들어왔다!"

외침 소리와 함께 순식간에 관아 안이 환히 밝아졌다. 휘릭 휘릭. 호각 부는 소리, 징 치는 소리가 쟁쟁 울려 퍼졌다. 여기저기 문들이 벌컥 열리는 소리가 났고, 창칼 든 병졸들이 사방에서 달려오는 소리가 났다.

마루는 눈을 부릅뜨고 숨을 가다듬었다. 살아 나가야 했다. 저를 위해서가 아니라 등에 업힌 이 여인을 위해 반드시 살아 나가야 했다.

"아씨, 꽉 잡으세요!"

속삭이고 나서 마루는 머리통까지 오는 담장을 훌쩍 뛰어넘었다. 쿵 소리와 함께 병졸들이 가까이 다가오는 소리가 들렸다.

마루는 북문을 포기하고 오른쪽으로 몸을 틀었다. 이내 높게 솟은 담을 맨손으로 타 넘었다. 동헌 밖을 나온 마루는 죽을힘을 다해 내달렸다. 관아거리 반대편 숲길을 향해 달리기 시작했다.

희한하게도 등에 업힌 연화의 무게가 하나도 느껴지지 않았다. 이 년이 넘는 세월 동안 계에 몸담으며 수련했으나 여인을 업고 뛰어 본 적은 없었다. 깎아지른 듯 가파른 벼랑을 타고 오르고, 한겨울 물속에서 무술을 익혔으나 여인을 들쳐 업은 채 담벼락을 타고 넘는 훈련은 하지 않은 터였다. 하지만 꽃인 듯 나비인 듯 사람의 무게가 느껴지지 않았다. 어쩌면 마루의 몸에서 거대한 기운이 용솟음친 덕인지도 몰랐다. 말하자면 기적과도 같은 일이 일어난 거였다. 그러지 않고서야 이리 가뿐하게 놈들을 피할 수가 없었다. 마루는 그렇게밖에는 달리 생각할 도리가 없었다.

마루는 산 중턱에 오르자 겨우 숨을 돌릴 수가 있었다. 뒤를 돌아보니 저 아래로 횃불 밝힌 관아가 내려다보였다. 놈들이 횃불을 치켜들고 사방으로 흩어져 마루를 찾고 있었다. 곧 숲을 향해 달려올지도 모를 일이었다. 그래도 이곳에서 나고 자란 저희들의 은신처를 찾아내기는 어려울 터였다. 게다가 대부분이 계군인 봉기 주모자들은 깊은 숲을 샅샅이 꿰뚫어야 하는 수련 과제를 끝낸 자들이었다. 하지만 이곳이라고 그리 오래 버티지는 못할 터였다. 독이 오른 놈들이 어떤 간악한 방법으로 쳐들어올지 알 길이 없었다.

　수십 명쯤 되는 고을 봉기군이 덤불로 둘러쳐 놓은 동굴 속에 은신해 있었다. 함께 관아를 쳐들어갔던 장정들이 마루를 얼싸안고 반가워했다. 한 명도 다치지 않았다. 마루는 한쪽에 연화를 내려놓고 안도의 숨을 내쉬었다. 그제야 몸이 떨려 왔다. 다리에 힘이 빠지면서 풀썩 주저앉았다. 죽음의 강을 건너온 기분이 들었다. 모두 연화가 곁에 있기에 가능한 일이었다. 그녀였기에 둘 다 살아 돌아올 수 있었던 것이다. 잠든 연화를 내려다보는 마루의 눈빛이 애절했다. 사람들이 슬며시 두 사람 곁을 피해 주었다. 연화를 향한 마루의 깊은 마음을 사람들은 단숨에 알아차렸다.

　한 시간이 지날 즈음 연화가 부스스 눈을 뜨는 기척이 느껴졌다. 마루가 몸을 돌려 연화를 바라보았다.

　"아씨, 괜찮으세요?"

　연화는 무명 천으로 친친 동여매 있다시피 한 제 몸을 훑어보았다.

"네가 내 상처를 돌봐 주었구나."

연화의 모습을 보고 마루가 배시시 웃었다. 거칠게 매 놓은 꼴이 정말로 가관이었다. 솥뚜껑 같은 손으로 피가 흐르는 데를 되는 대로 감아 놓은 탓이었다.

"날 구하느라 애를 썼구나……."

말해 놓고 나니 연화는 가슴이 철렁했다. 마루가 한 일을 생각하니 몸이 오싹했다. 죽을 작정을 한 놈이지. 어떻게 관아를 쳐들어올 생각을 했을까. 저를 업고 담벼락을 뛰어넘다니! 생각할수록 오금이 저릴 일이었다.

"아씨가 저 때문에 고생이 많아요……."

마루가 말했다.

"아니…… 이게 어떻게 네 탓이겠니. 모두 내가 진 업보며 짐승만도 못한 저 관리들 탓이지. 하지만 이리 살아 천만다행이구나. 참말 큰일날 뻔했어."

연화는 치마 말기에 고이 꽂아 놓은 주머니 하나를 꺼냈다.

"부적이야. 너 주려고 오랫동안 품고 있었더란다. 혹 내 기를 너에게 줄 수 있을까 해서…… 온 정성을 다해 쓴 거야. 하니 몸에 꼭 지니고 다니도록 해."

부적을 내려다보는 마루의 눈시울이 붉어졌다. 연화의 간절한 마음이 사무치게 느껴진 탓이었다.

"마루야, 난 네가 죽는 꼴은 절대 못 봐. 넌 내 오라비이자 남동생이고 동무야. 꼭 살아남아 다시 함께 살자구나. 알겠니?"

"아씨, 그뿐인가요? 내가 정녕 아씨한테는 오라비이고 남동생이고 동무일 뿐인가요?"

마루는 여태 미련을 버리지 못하고 있었다. 그만 접은 줄 알았는데 그게 아니었다. 치고 올라오는 연정을 그때마다 꾹꾹 눌러 두었을 뿐이었다.

"아씨, 나에게 아씨는 누이이자 동무이자 정인이랍니다. 아주 어릴 적 든 마음이 미련스럽게도 바뀌질 않아요. 하지만 이제는 어찌해 달라 애원하지 않으렵니다. 아씨가 그걸 원치 않을 테니까요."

"그래, 네가 참말 미련한 놈이구나. 쌈질만 잘하지 아둔하기 짝이 없어."

연화는 웃음을 지었다. 그러나 마루의 속을 들여다본 것만 같아 마음이 쓸쓸하기 짝이 없었다.

"혹 천년 뒤라면 또 모르겠구나. 그때가 되면 연모하는 사이가 되어 인연이 맺어질지도……"

"그것 참, 길기도 하구려! 허면 그 긴 세월 동안 저 혼자 아씨를 연모만 하라구요?"

마루가 짐짓 능청을 떨었다.

"아니, 그래도 그만큼의 세월이 흘러가야 될 거야. 이리 가까이 지내면서도 부부 연이 없는 건 틀림없이 전생의 업 때문인 거야. 그 업이 우리 사이를 가로막고 있는 게지. 어쩌면 천년이 지나면 떳떳하게 연모하여 혼인할 수도 있겠구나. 헌데, 그때가 되어도 네가 날 연모해 줄까?"

연화는 마루의 마음을 받아들이지 못하는 것이 새삼 미안했다. 그러나 이생에서 그와의 인연은 이게 다였다. 억지로 맺어지는 인연이란 없는 거였다.

"어휴…… 알았어요, 알았어! 아씨, 내 기다립니다. 천년이 아니라 만년이라도 아씨를 기다려 각시로 삼으랍니다. 그러니 부디 다음 생에서도 제 곁에만 머물러 주세요."

연화는 벌렁 누워 버리는 마루를 보고 웃음 지었다. 저도 축축한 풀 더미를 베개 삼아 바로 누웠다.

"헌데, 너는 어찌 나를 아씨라 부르니? 연화라 부르든 꽃달래라 부르든 할 것이지."

생각난 김에 연화가 물었다.

"음…… 왜냐하면 내가 아씨를 마음 깊이 존중하기 때문이에요. 내가 아씨를 존중한다는 것은 상것들이 양반을 떠받드는 것과는 천지 차이랍니다. 그들은 세습적으로 그리 하지만, 저는 마음에서 우러나온 것이랍니다. 아씨가 어떤 사람입니까? 신을 만나

대화하는 사람이 아닙니까? 또한 가난과 병마에 시달리는 사람의 마음을 헤아려 편히 해 주는 사람이 아닙니까? 아씨가 하는 일은 결코 천한 게 아니랍니다. 수천 년 동안이나 우리 백성들 곁에 머무르며 그네들을 어루만져 준 사람들이지요. 하니 아씨는 존중받아 마땅한 사람입니다. 내가 아씨라 부르는 것은 다 그런 이유랍니다."

"수천 년 동안이나 사람들 곁에서 그네들을 어루만져 준 사람이라고?"

"그럼요! 비록 보지는 못하지만 다들 아씨가 모시는 신들을 믿고 있답니다. 왜냐하면 그게 바로 우리 백성들의 혼이자 넋이기 때문이지요."

"흠, 무당 집에 들어와 살더니 네가 반 무당이 되었구나."

그러나 연화는 그 소리가 싫지 않았다. 무당에 대한 곡해를 풀어 주니, 그 마음이 그지없이 고마웠다. 존중 받아 마땅한 사람. 연화는 진심으로 그런 무당으로 거듭나고 싶었다.

"너를 보고 있으니 우리 은초롱 생각이 나는구나."

"잘 자라고 있는 아이가 불현듯 왜 생각나세요?"

"그 아이가 너를 연모하고 있어."

"은초롱이가 나를요?"

마루가 펄쩍 뛰었다.

"후후…… 몰랐구나. 하긴 나도 고백을 듣기 전에는 눈치도 못 챘어. 늘 곁에 있는 식구들 일은 한치 앞도 못 내다보니 내가 허깨비인 게야. 헌데 농담이 아니란다. 너를 생각하는 그 아이의 마음은 참말로 각별해. 그러니 부디 몸 성해서 꼭 돌아와 줘. 네가 다치면 어린 게 몹시 상심할 것 같아."

"알겠어요. 아씨, 명심할게요."

"아무렴, 그리해야지."

빛이 들지 않는 동굴 안은 여전히 어두컴컴했다. 묘시나 되었을까. 밤새 곤욕을 치른 연화가 먼저 잠이 들었다. 축축한 동굴 속은 냉기가 돌았다. 마루는 웅크린 연화의 몸을 따스하게 보듬어 주었다. 그리고 영원히 각인될 행복을 가슴에 품은 채 잠 속으로 빠져들었다. 한 몸인 듯 꼭 붙어 있는 두 사람의 모습은 어릴 적 그때처럼 정다운 오누이였다.

은초롱

 잠결에 연화는 불이 타오르는 소리를 들었다. 타닥타닥, 소리 내던 불길이 조금 지나자 눈앞을 발갛게 물들였다. 붉은 혀를 날름대며 불길이 치솟고 있었다. 초가지붕에 붙은 불이 삽시간에 집 안 전체로 번져 나갔다.
 "어머니! 어머니!"
 연화는 소리 지르며 잠자리에서 벌떡 일어났다. 어두컴컴한 동굴 안이었다. 하지만 환영에 사로잡힌 연화는 온몸을 벌벌 떨었다.
 "아씨, 왜 그러세요? 안 좋은 게 보여 그래요?"
 마루가 깜짝 놀라 일어났다. 그래도 연화는 쉴 새 없이 손을 맞비비며 고개를 조아렸다.

"아이고, 살려 주소……. 우리 어머니, 동생 좀 살려 주소……."

순간, 시뻘건 불길이 연화의 눈을 찌르고 들어왔다. 아악! 연화는 얼굴을 감싸며 소리질렀다. 머리를 동굴 벽에 쿵쿵 쥐어박으며 뒹굴었다.

"아씨! 제발, 정신 좀 차리세요!"

마루가 밖으로 뛰쳐나가려는 연화를 꼭 부둥켜안았다. 안 좋은 일이 생긴 것이다. 틀림없이 어머니와 은초롱한테 변이 난 거였다.

"집에 불이 났어! 어머니와 은초롱이 불에 타 죽게 생겼다고!"

조금 지나자 연화가 제 풀에 지쳐 주저앉았다. 신기가 돌 때마다 그 고통이 얼마나 큰지 몸에서 온 기가 다 빠진 듯했다.

"아씨, 참말 집에 불이 났단 말이에요?"

마루는 그런 줄 알면서도 물었다. 연화의 공수가 틀린 적이 한 번도 없었음을 내내 봐 왔으면서도 다짐 받듯 물었다.

"집으로 내려가야겠어! 안 그러면 모두 타 죽을 거야!"

연화가 어린아이처럼 떼를 썼다.

"아씨, 안 됩니다. 그리하면 온 식구가 다 죽어요! 불을 내놓고 놈들이 집 주위에서 진을 치고 있을 겁니다. 저 하나 잡으려고 온 식구들을 죽일 작정이에요!"

마루가 말리니 연화는 또 미친 듯이 날뛰었다.

"이놈! 감히 네가 여신님의 명을 거역하겠다는 게냐? 이런 쳐 죽을 놈! 네놈이 이제껏 누구 덕에 살아왔는데! 이런 배은망덕한 놈 같으니라고!"

그래도 안 되는 일이었다. 마루는 신기 들어 고래고래 소리지르는 연화를 안쓰럽게 바라볼 뿐이었다.

"용서하세요, 아씨! 하지만 지금은 죽어도 아니 됩니다……."

마루는 그만 목 놓아 울어 버렸다. 신기 들지 않아도 불길에 휩싸인 집이 훤히 보이는 듯했다. 어머니와 은초롱이 지금 얼마나 기겁하고 있을지, 생각만 해도 가슴이 미어졌다.

불길은 온 집 안을 집어심킬 듯 번지고 있었다. 큰방에서 잠을 자던 어머니는 매캐한 냄새에 눈을 떴다. 코가 매워 기침을 하는데 방문 틈으로 희부연 연기가 스며들어 왔다. 타닥타닥. 불길이 타오르는 소리가 들렸다. 방문으로 시뻘건 불 그림자가 휘리릭 스쳤다. 그제야 어머니는 맨발로 뛰쳐나갔다.

"관세음보살……."

어머니는 몸을 휘청했다. 온 집 안이 불길에 휩싸여 있었다. 초가지붕은 말할 것도 없고 신방 문짝에도 불이 활활 타올랐다.

"은초롱아! 은초롱아!"

어머니는 정신없이 은초롱을 불렀다.

"어머니…… 어머니……."

조금 뒤에 신방에서 가물가물한 소리가 났다. 세상에! 은초롱이 신방에 있었다. 솟구쳐 오르는 불길에 갇혀 제 어미를 애달프게 불렀다.

"은초롱아!"

어머니가 발을 동동 굴렀다. 큰방에서 잠을 자던 아이가 어느새 신방으로 들어갔을까. 무섭다며 신방에서 잠을 잔 적이 없는 아이였다. 어머니는 초저녁에 은초롱이 한 말이 퍼뜩 떠올랐다.

'어머니, 여신님한테 빌면 참말로 언니가 돌아올까요?'

아이는 기도를 드리다 깜빡 잠이 든 거였다. 어머니는 애간장이 타들어 갔다. 하얗게 마른 입술을 꽉 깨물었다.

"오냐, 에미가 들어가마. 아가, 조금만 참아라, 응?"

어머니는 눈에 보이는 것이 없었다. 숨도 못 쉬고 있을 아이를 생각하니 억척스런 힘이 뻗쳐올랐다. 눈을 질끈 감고 신방 문으로 뛰어들었다. 신방 안은 온통 불길에 휩싸여 있었다. 신단 위에 올려놓은 온갖 제물들이 불에 타올랐다. 종이며 나무는 말할 것도 없고 촛대와 그릇, 불상까지 검게 타들어 갔다. 그러나 어머니의 눈에는 오로지 은초롱밖에 들어오지 않았다. 불바다 한가운데 쓰러져 있는 아이를 보니 눈이 뒤집혔다. 아이를 질질 끌어 들쳐 업었다. 이미 맥이 끊어졌는지 아이는 축 늘어져 꼼짝하지 않았.

앞을 가로막는 불길 앞에서 어머니는 다시금 두 눈을 꼭 감았다. 나무관세음보살…… 부처님의 진언을 외치며 불길 속으로 뛰어들었다.
"아악!"
기어코 시뻘건 화마가 어머니를 잡아채며 혀를 날름거렸다. 며칠 굶주린 들짐승마냥 얼마 동안이나 어머니의 살점을 물고 뜯었다.

어머니는 땅바닥에 누워 쉴 새 없이 몸을 뒹굴었다. 머리채에 붙은 불을 끄려고 머리를 수없이 두들겨 댔다. 몸에 달라붙은 불길이 조금씩 꺼져 들어갔다. 그러나 몸뚱어리 어디를 데인 듯 온몸이 화끈거리며 쑤셔 왔다. 불은 여전히 집채를 태우며 치솟아 올랐다. 어머니는 은초롱을 들쳐 업었다. 깨어나지 않는 아이를 업고 마을을 향해 달려갔다.

"살려 주소……. 제발, 우리 아이 좀 살려 주소……."
어머니는 실성한 사람마냥 달리는 내내 중얼거렸다. 집들이 옹기종기 모여 있는 마을로 접어들 때였다. 별안간 눈알이 빠질 듯이 아파 왔다. 이내 진물이 줄줄 흘러내리면서 눈앞이 캄캄해졌다.

어머니는 길바닥에 철퍼덕 주저앉았다. 여전히 앞은 보이지 않았고 끈적끈적한 진물이 흘러내렸다. 검게 그을린 손으로 눈두덩을 더듬었다. 살이 타들어 눈두덩이 짓물러 있었다. 그 눈을 하고 한참을 달릴 수 있었던 건, 오로지 살려야겠다는 어미의 마음이었다. 어머니는 캄캄한 눈을 하고서 은초롱의 몸을 더듬었다. 손목을 찾아 짚는데 맥이 뛰지 않았다. 가슴이 무너져 내렸다. 목이 조여들어 숨쉬기가 버거웠다. 은초롱이 죽었다. 있는 힘을 다해 달렸으나 아이는 끝내 숨을 거두었다.

"아이고, 은초롱아……."

어머니는 크게 소리 내어 울었다. 싸늘하게 식은 은초롱의 얼굴을 한없이 비비며 온몸을 떨었다.

산 중턱에 서서 고을을 내려다보던 연화가 무겁게 입을 열었다.

"어머니는 지금 앞이 안 보여. 은초롱이가 죽었어……."

연화는 혼이 나간 사람 같았다. 쓰러질까 나무줄기를 부여잡았다. 소리 없는 울음이 터져 나왔다. 그러나 곧 찢어질 듯 발악하며 울부짖었다.

"은초롱이가 죽었어! 겨우 아홉 살밖에 먹지 않았는데 아이가 죽었다고!"

연화는 땅을 치며 통곡했다. 아이의 맑은 눈망울이 떠올라 미칠 것만 같았다.

울부짖는 연화의 눈에 서서히 은초롱의 영이 보였다. 은초롱은 연화를 물끄러미 바라보았다. 아이의 눈망울이 여느 때처럼 맑디맑았다.

"은초롱아……."

연화가 고개 들고 은초롱을 불렀다. 하지만 은초롱은 애달픈 제 언니를 보고 그저 싱긋 웃는다. 제 죽은 걸 모르는 거였다. 꽃댕기를 처음 사 줄 때처럼 얼굴에 웃음이 가득했다.
 "언니, 왜 울어요? 나는 꽃댕기 매어 이리 좋은걸요."
 또랑또랑한 아이의 목소리가 귓가에서 울려 퍼졌다. 아이가 사라질까 연화는 다시금 은초롱을 불렀다.
 "은초롱아, 이리로 온. 언니랑 장터에 가자꾸나. 비단 치마를 사 줄까? 꽃신을 사 줄까?"
 연화는 어깨를 흔들며 흐느꼈다. 그러나 은초롱은 꽃댕기 맨 머리채를 흔들며 봄꽃 화사한 들판으로 달려갔다. 그 모습이 심부름시키는 어머니를 따돌릴 때 같았다. 물 떠 오라는 제 언니를 따돌릴 때 같았다. 산들바람 맞으며 달리는 아이의 얼굴에 장난기가 배어 있었다. 웃음 가득한 얼굴로 은초롱이 멀리 사라졌다.
 "은초롱아, 좋은 곳으로 가라…… 부디 좋은 데로 가서 곱게 살아……."
 연화가 울부짖었다. 화사한 꽃길을 걸어가니 아이는 좋은 곳으로 갈 것이다. 하지만 헤어짐이 서러워 연화는 크게 울었다. 울다 지친 연화는 기진해 스르르 쓰러지고 말았다. 은초롱의 영을 불러내는 데 너무 많은 기를 소진한 탓이었다.
 숲으로 사람들이 몰려들고 있었다. 가까스로 관군을 피해 도망친 봉기군들이었다. 온 고을 봉기군이 속속들이 모이니 숲은 눈이 쌓인 듯 희끗했다. 그러나 그들의 얼굴은 하나같이 어둡기 짝이 없었다. 싸움 한번 못해 보고 도망친 자신들의 상황이 너무나 허망했다. 더구나 남도 봉기군의 기세가 점점 수그러들고 있다는 소식이 들렸다. 수천의 관군에 일본군이 합세해 쥐 몰이하듯 몰아치고 있다 했다. 왜군들까지 합세해 제 나라 백성들을 몰아치고 있다니! 참으로 기가 찰 노릇이었다.

"아씨……."

서너 시간이 지나서야 연화가 부스스 눈을 떴다. 연화는 퀭한 눈으로 숲을 둘러보았다. 음울한 얼굴로 서 있는 사람들의 모습이 눈에 들어왔다.

"웬 사람들이니?"

"아씨, 봉기군이 다시 모였어요. 모두들 힘을 합쳐 놈들과 싸울 겁니다."

휴…… 연화는 길게 숨을 내쉬었다. 이제야말로 전쟁이 일어날 판이었다. 그러나 누가 뭐라 해도 끝까지 싸울 사람들이었다.

"아씨, 상은사로 내려가세요."

마루의 말에 연화는 침묵했다. 그러나 이내 눈을 빛내며 말했다.

"마루야, 나도 예 남아 있으면 안 될까? 살고자 혼자 도망치는 게 가당키나 하니? 저들과 함께 싸우게 해 줘."

마루의 눈빛이 흔들렸다. 하지만 곧 고개를 가로저었다.

"왜 안 된다는 거니? 내게도 잘잘못을 판단하는 의식이 있고, 또한 투지도 있어!"

"아씨, 아니 됩니다. 어머니가 계시지 않아요? 어머니가 상은사로 내려가실 수 있게 내 방도 해 놓을게요."

마루가 침묵 뒤에 다시금 말을 이었다.

"누군가는 살아남아야 합니다. 살아남아 이 비천한 자들의 투지를 잉태할 생명을 키워 나가야 해요."

연화가 아랫입술을 지그시 깨물었다. 마루의 말이 옳을지도 몰랐다. 모두 다 죽을 수는 없는 일이었다. 누군가 살아남아 저들의 뜻을 널리 알려야 했다.

"걱정 마세요, 모두 죽지는 않을 겁니다. 그러니 마음 단단히 먹고 어서 상은사로 갈 채비를 서두르세요. 내려가는 동안 은수암자에 들르세요. 그곳에 우리 계군들이 몇 포진해 있답니다."

"그래……. 내 곧 떠나마."

연화의 눈에 눈물이 고였다. 마루를 전쟁터에 남겨 두고 홀로 떠날 생각을 하니 가슴이 미어졌다.

"아씨, 부디 몸 보전하세요."

"아무렴, 내 몸이야 여신님께서 함께하시니 걱정 말아. 부디 네 몸이나 잘 보전하렴. 그리해서 이다음에 꼭 다시 살자꾸나……."

연화는 복받치는 생각에 말끝을 흐렸다. 다시 산다 해도 그때는 은초롱이 없을 터였다. 허전해서 어찌할꼬……. 그러나 연화는 의연해지려 애를 썼다. 곧 죽을 고비를 넘길 마루 앞에서 눈물을 보이고 싶지 않아서였다. 눈자위를 닦고 나서 뒤돌아섰다.

  연화는 숲길을 걸었다. 기막히고 안쓰러운 생각에 가슴이 먹먹했다. 그러나 나뭇가지를 헤치며 끊임없이 발걸음을 재촉했다. 날이 점점 어두워지고 있었다.

서운산 전투

 서운산은 수백 명의 봉기군으로 하얗게 물들었다. 그들은 화승총과 죽창을 치켜들고, 장태를 굴리며 수차례 접전을 벌였다.
 "니미럴! 이 빌어먹을 전쟁이 언제까지 갈 것이여! 똥줄이 타서 이거 원 살 수가 있나!"
 욕쟁이 김씨가 대나무로 장태를 만들며 투덜거렸다.
 "저놈들이 두 손 쳐들고 달아날 때까지 싸워야 할 것 아니여!"
 지난 싸움에 팔을 다친 백정 양씨가 눈을 희뜩이며 받아쳤다.
 "니미럴, 그러다 예 모인 봉기군들이 다 나자빠지는 거 아니여? 요깟 화승총이고 죽창이 다 뭣이냐고! 놈들은 대포에다 양총인데, 이거 원 달걀로 바위 치기가 따로 없구먼!"

"예끼, 이 사람! 다 된 밥에 재 뿌리지 말고 그 주둥이 좀 닥치구려! 안 그래도 심란해 죽겠는데 거 소갈머리 없게스리……."

양씨가 못마땅해 혀를 끌끌 찼다. 그러고는 곧 눈빛이 달라져 말했다.

"요 싸움만 끝나면 우리 세상인 게야. 나는 이제 천민 백정 양가가 아니라 인간 양가인 게지. 자네도 고런 맘으로 부지런히 싸우라고!"

"고런 세상이 참말로 올까 모르겠소, 니미럴!"

"안 오면 어쩔 텐가? 이리 죽으나 저리 죽으나 어차피 똑같은 목숨이여!"

두 사람이 나누는 이야기를 마루는 묵묵히 듣고 있었다. 심란하기는 마루도 마찬가지였다. 여기 모인 사람 그 누군들 마음이 편할까. 그러나 아직 투지를 지닌 사람들은 많았다. 양씨처럼 많은 봉기군이 사람답게 살 날을 꿈꾸었다. 희망을 품고 있기에 굶주림과 두려움에도 의연하게 싸울 수 있었다.

"관군들이 몰려오고 있다!"

가을 햇살이 정수리를 곧바로 내리꽂을 무렵이었다. 연락병이 고갯마루를 헐레벌떡 달려오며 외쳤다. 곧 징 치는 소리가 쟁쟁 울려 퍼졌다. 풀숲에서 쉬고 있던 사람들이 화들짝 놀라 일어섰다. 일시에 시체처럼 낯빛이 파리해졌다. 그러나 한시도 놓지 않았던 총과 죽창을 치켜들고 봉기군 대장의 명을 기다렸다.

"여러분, 놈들이 다시 고개를 넘어오고 있소이다. 총을 장전하고 죽창을 추켜세워 놈들을 무찌릅시다!"

최봉석의 외침 소리가 숲 속에서 쩌렁쩌렁 울려 퍼졌다. 간담을 서늘하게 할 만큼 크고 날카로운 소리였다.

고갯마루를 넘어온 관군들이 총을 쏘아 대며 달려오고 있었다.

"진격!"

봉기군이 외치며 앞으로 달려갔다.

탕탕. 그러나 몇 발짝 달려가지 못하고 첫 번째 줄에 선 사람들이 푹푹 꼬꾸라졌다. 그 뒤를 두 번째 줄에 선 사람들이 달려갔다. 탕탕. 장태를 방패 삼아 몸을 피했으나 맥없이 쓰러지는 자들이 속출했다. 왜군을 통해 들여온 대포와 양총을 당할 재간이 없었던 거였다. 봉기군이 지닌 화승총은 탄알이 발사하는 데 얼마의 시간이 필요했다. 그러니 쏜살같이 날아오는 양총과 맞붙기는 참으로 어려운 일이었다.

"이놈들, 쏴라! 다 죽여라!"

봉기군의 사기가 극도로 떨어질 무렵이었다. 백정 양씨가 봉기군의 시체를 밟고 앞으로 몇 발짝 나서며 외쳤다. 그의 얼굴이 핏빛처럼 검붉게 달아올랐다. 분함을 참을 수 없어 그는 장태를 구르며 총알이 빗발치는 적군들 앞으로 내달렸다.

"저, 저 사람, 죽으려고 환장했구먼!"

"어이 양씨, 몸 좀 사리라고!"

사람들이 어리둥절해서 양씨를 불렀다. 그러나 양씨는 아랑곳하지 않았다.

"우리 같은 목숨은 이리 죽으나 저리 죽으나 마찬가지여. 내 차라리 싸우다 죽을 거구먼!"

양씨는 미친 듯이 내달렸다. 그의 손에는 놈들이 버리고 달아난 양총이 들려 있었다. 다친 팔이 저려왔다. 그러나 그는 온 힘을 다해 총을 쏘아 댔다. 탕탕탕탕. 관군들이 푹푹 꼬꾸라졌다. 그러나 곧 총알이 그를 향해 빗발쳤다. 그는 쉴 새 없이 장태 뒤로 몸을 피했다.

탕. 이윽고 한 방의 탄알이 양씨의 머리를 맞혔다.

"윽!"

양씨가 허리를 구부리며 신음 소리를 냈다. 그러나 있는 힘을 다해 남은 총알을 적군을 향해 쏘아 댔다. 탕. 또 한 발의 탄알이 그의 가슴을 뚫었다.

"으읍……."

양씨가 배를 움켜쥐며 쓰러졌다. 눈을 감는 순간에도 그는 총에서 손을 놓지 않았다.

양씨의 죽음을 목격한 봉기군이 다시금 투지를 불태웠다. 적들을 향해 총을 쏘아 댔고 죽창을 치켜들며 달려들었다. 몸을 사리지 않는 전투가 얼마 동안이나 지속되었다.

펑펑. 이윽고 대포 터지는 소리가 울려 퍼졌다. 삽시간에 수많은 봉기군이 죽어 나갔다. 살이 찢기고 여기저기서 피가 튀었다. 팔다리가 떨어져 나간 자, 배와 골이 터져 나간 자들이 속출했다.

"후퇴! 후퇴합시다!"

봉기군 대장의 목소리가 울려 퍼졌다. 그러나 악에 받친 봉기군은 한 놈이라도 더 죽일까, 앞으로 진격했다.

해질 무렵 치고 받는 접전이 멈췄다. 봉기군은 동료들의 시체를 구덩이 속에 피묻었다. 피를 철철 흘리는 봉기군을 가까스로 치료했다. 죽어 나간 자들의 수는 셀 수가 없을 정도였다. 몸을 다친 자들까지 합치면 다음 전투에 참여할 수는 반으로 줄어들 것이다.

마루는 마음이 착잡했다. 허탈하게 앉아 있는 사람들의 모습에 가슴에 피멍울이 맺혔다. 산 아래로 마을이 내려다보였다. 관군의 공격에 마을은 아수라장이 되어 있었다. 도망친 봉기군의 가족들은 살아남은 자가 하나도 없었다. 그들의 보복은 차마 눈 뜨고 볼 수 없을 정도로 잔인했다. 사지를 갈기갈기 찢어 죽이거나 머리에 관솔을 박아 불 붙여 골이 터져 죽게 했다. 또한 아이 밴 아낙의 배를 창으로 쑤셔 죽이거나 심지어 간을 꺼내 씹어 먹기도 했다. 불 질러 타 죽거나 총에 맞아 죽는 건 그야말로 편안한 죽음이었다.

마루의 눈에서 뜨거운 눈물이 흘러내렸다. 벼락처럼 내리치는 시련 앞에서 무릎을 꿇고 싶은 마음이 간절했다.

"마루야, 두려우냐?"

어느새 최봉석이 마루 곁으로 다가섰다. 마루는 그를 바라볼 뿐 대답하지 못했다.

"아무렴 사람인데 어찌 두렵지 아니하겠느냐……."

그리고 나서 최봉석은 말이 없었다. 한참 동안이나 어수선한 산 아래를 내려다볼 뿐이었다.

"일전에 우리 집 마당에 벌레 두 마리가 와 살았더란다."

무슨 이야기를 하려는 걸까. 마루는 의아한 얼굴로 봉기군 대장을 바라보았다. 뼈만 앙상한 얼굴이 말할 수 없이 수척했다. 그러나 허공을 응시하는 그의 눈은 타오르는 불처럼 이글거렸다. 최봉석은 얼마간 침묵하다 다시금 말을 이었다.

"아마도 사슴벌레라던가 하는 놈들이었을 게다. 이놈들이 어찌나 다정하게 굴던지 절로 눈웃음짓게 만들었더란다. 헌데 어느 날인가 가만히 마당을 내려다보니 놈들이 전쟁을 하고 있지 뭐냐. 덩치가 엄청나게 큰 다른 놈들이 요 다정한 놈들을 못살게 구는 게야. 내 요 덩치 큰 놈들이 괘씸했으나 가만 두고 보았더란다. 사슴벌레가 어찌 대처하는지 보고 싶어서 말이다. 놈들은 질기게도 오래 싸우고 있더란다. 저희가 일구어 놓은 집을 지키려고 목숨

걸고 싸웠던 게지······."

"그리해서, 그리해서 어찌 되었는가요?"

마루가 어린아이처럼 다그쳐 물었다.

"결국 사슴벌레 두 놈은 다 죽고 말았어. 아무래도 힘과 수세에 몰려 이길 수가 없었던 게지."

마루는 이를 악물었다. 도대체 무슨 이야기를 하려는 건지, 대장의 마음을 읽을 수가 없었다.

"이런 상황에서 왜 이런 이야기를 하는지 궁금할 터이지?"

마루가 고개를 끄덕였다.

"생명이라면 그 무엇이든 다 저를 지키려는 본능을 지니고 태어난 것이니라. 하물며 벌레도 그러한데 사람이야 말할 것도 없을 터이지. 그러니 우리의 싸움은 결코 헛되지 않을 것이다. 생명의 귀함을 온 세상에 일깨우는 일인데 어찌 헛되고 두려울까? 결과가 어찌 되었든 이 싸움은 승리할 것이다. 살아 꿈틀하고 있음을 보여 줬으니 승리한 것이나 매한가지인 게야."

마루는 고개를 떨구고 말았다. 제 자신이 한없이 부끄러웠다. 저리 의연한 분 곁에서 잠시나마 두려워 어쩔 줄 몰랐던 것이다.

고개 들고 최봉석을 바라보았다. 노을빛 속에 서 있는 그가 처음으로 쓸쓸한 얼굴이 되었다. 마루는 다시금 눈시울이 붉어졌다. 그러나 이번에는 부끄러움과 두려움 때문이 아니었다. 울컥, 복받치는 생각에 두 주먹을 불끈 쥐었다.

빛은 사라지고

시월 하순의 날씨는 몹시 쌀쌀했다. 들판에 쌓인 볏단에는 서리가 내리고 산에는 낙엽이 지고 있었다. 추위와 호된 굶주림은 싸움보다 더한 고통으로 봉기군을 괴롭혔다. 서서히 동요하는 자들이 생겨났다. 간밤에는 도망친 봉기군이 세 명이나 되었다.

머지않아 왜군이 안성까지 몰려올 터였다. 일본군 지휘부는 주력 토벌부대를 남도에 배치했으나 일부는 각 고을 전쟁터로 향하게 했다. 길어진 싸움에 조정은 진저리쳤다. 경복궁을 점령한 뒤 일본은 다른 외세를 물리치고 조선의 군사 지휘권을 완전히 장악했다. 일본군 대장은 봉기군을 모두 사살하라는 명을 내렸다.

"조정에서 봉기군 대장 목에 천 냥을 걸었다는구먼."

턱이 뾰족하게 생긴 자가 총구를 닦으며 은근한 말을 건넸다.

"이 사람, 예가 어디라고 그런 소릴 지껄이는 게야!"

한쪽 눈을 다친 외눈박이가 눈알을 부라리며 말했다.

"뭔 소리는 뭔 소리여. 그냥 그렇다는 게지……"

앞서 말한 자가 제 풀에 수그러들며 말꼬리를 내렸다. 그러자 욕쟁이 김씨가 그들 곁으로 끼어들었다.

"천 냥이라……. 니미럴, 그 돈이면 논밭이 몇 마지기야. 우리 같은 사람들은 팔자를 고칠 판이여!"

"참, 이 사람들이 참말 못하는 소리가 없네그려! 우리 대장님 목이 천 냥이면 우리 모가지는 안전할 것 같소? 예서 내려가면, 오냐 하고 살려 줄 것 같소? 어림도 없는 수작이지!"

외눈박이는 인상을 썼다. 그러나 사실 그의 머릿속에도 천 냥 돈 꾸러미가 그림처럼 둥실 떠올랐다. 외눈박이는 입맛을 쩝쩝 다셨다. 그 돈이 있으면 싸움이고 뭐고 장터로 달려가 국밥을 사 먹고 싶었다. 주린 뱃속이 쉴 새 없이 꾸르륵댔다.

"누굴 위해 싸우는지도 이젠 모르겠단 말이야."

"글쎄, 이러다간 딱 굶어 죽기 알맞지 않우?"

"그러게 말이요. 총에 맞아 죽는 것보다 먼저 굶어 죽거나 얼어 죽을 판이니 원!"

사람들은 모두 제정신이 아니었다. 허기져 퀭한 눈알을 굴리며 발악하듯 푸념을 늘어놓았다. 사람들이 술렁이는 걸 마루도 모르지 않았다. 그러나 도망친 자들을 잡아 족쳐 놔도 꿈틀대는 동요는 쉬 가라앉지 않았다.

해가 중천에 떠오를 무렵, 최봉석이 풀섶에 앉아 있는 사람들 곁으로 다가왔다. 그의 얼굴은 차갑게 굳어 있었다. 봉기군의 술렁거림을 그도 알고 있는 탓이었다.

"여러분, 두 달 가까이 예 모여 싸우느라 얼마나 노고가 많소? 그동안 죽어 나간 고을 백성들이 백 명이 넘었을 것이오. 그뿐인 줄 아오? 미처 달아나지 못한 우리 가족들이 저 아랫마을에서 처참하게 죽어갔다오. 허나 들리는 소문이 흉흉하여 내 기어코 여러분들 앞에 나와 할 말을 해야겠소이다. 여러분들, 더 이상 흔들리지 맙시다. 처음 안성장터에 모일 때를 기억하시오. 그 뜨겁게 타오르던 뜻을 다시 한 번 가슴에 새기길 바라오. 이 싸움은 그 누구도 아닌 우리 자신을 위한 것이라오. 싸우지 않으면, 우리 백성은 천년 만년 뒤에도 상것으로 살아가야 할 것이오. 지금 굶주리는 게 그리 두렵소? 지금 추위와 공포에 떠는 게 그리 두렵소? 하면 어떻게 살고 싶소? 양반 놈들과 탐관오리들의 수탈을 받으며 지금처럼 살고 싶소? 당신들의 자식들이 천민 소리를 들으며 모욕당하게 하고 싶소? 단 한 가지만 잊지 않길 바라오. 이 싸움은 그 누구도 아닌 우리 자신을 위한 싸움이오."

최봉석의 기나긴 연설에 주위가 숙연해졌다. 고개를 끄덕이는 자, 박수를 치는 자, 더러 눈물을 흘리는 자가 있었다.

뒤돌아서는 최봉석의 얼굴에 또다시 쓸쓸한 빛이 스며들었다. 지금, 그는 그 누구보다도 외로운 사람이었다.

최봉석이 몇 발짝 걸어갈 때였다. 펑펑. 별안간 대포 터지는 소리가 천지를 울렸다. 예상치 못한 공격이었다. 놈들이 아주 가까운 곳에 진을 치고 있는 거였다.

"군들은 모두 무장하고 진격하시오!"

최봉석이 외치며 총알을 장전시킬 때였다. 탕. 날아오는 총알이 그의 허벅지를 관통했다.

"읍!"

최봉석이 몸을 휘청거렸다. 그러나 그는 이를 악물며 앞으로 진격했다.

"대장님, 몸을 피하세요!"

마루가 관군들을 주시하며 최봉석 곁으로 다가갔다.

"괜찮으니 염려 말고 적들을 살펴라. 오늘 싸움이 예사롭지 않을 것 같구나. 마루야, 투지를 불태워라. 하여 함께 싸우는 자들의 사기를 올려 주어라."

"네. 대장님, 어서 피하십시오."

마루는 풀밭 위로 뚝뚝 떨어지는 핏방울에 눈을 두었다. 최봉석은 창백한 얼굴로 몸을 피신했다.
 마루는 가슴이 떨려왔다. 이를 악물었으나 대장의 부상에 가슴이 조여들었다.
 '나는 죽지 않아! 나는 죽지 않아!'
 마루는 품에 넣어 둔 부적을 떠올렸다. 두려움을 떨쳐 내려고 주문 외우듯 중얼거렸다. 그러고 나니 정말로 두려움이 가시는 것 같았다. 온몸에서 기운이 돋아났다.
 '비천한 이 땅의 백성들과 함께 내 죽을 때까지 싸우리라!'
 쉴 새 없이 총을 쏘아 대는 마루의 눈에 핏발이 섰다. 그는 정녕 사람답게 살고 싶다는 생각 하나뿐이었다.
 "저것들이 다 뭣이야! 이런 염병할 놈들!"
 가까운 곳에서 욕쟁이 김씨의 목소리가 들렸다. 총알을 쏘아 대던 봉기군들이 모두 어리둥절한 얼굴로 주위를 둘러보았다. 사방에서 관군과 왜군이 쏟아져 나왔다. 그 수가 봉기군을 몇 겹 에워싸고도 남을 숫자였다.
 "아이고, 왜놈들까지 끼어들었나 벼!"
 "이런 망할 놈의 나라를 봤나! 제 백성들을 쳐 죽이라고 왜놈들까지 합세시켜 놓아!"
 봉기군은 기가 질려 목소리가 떨려 나왔다. 꼼짝없이 당할 죽음 앞에서 모두들 얼굴이 샛노래졌다.

평. 그때, 대포 탄알이 모여 서 있는 봉기군 쪽으로 날아들었다. 사람들이 공중으로 튀어 오르다 땅바닥으로 떨어져 내렸다. 일시에 수십 명의 사람들이 목숨을 잃었다. 탕탕. 탕탕. 곧이어 총알이 빗발치듯 날아들었다. 욕쟁이 김씨, 외눈박이 강씨, 대장장이 천씨 할 것 없이 모두 숨을 거두었다.

마침내 봉기군은 총을 버리고 시체를 밟으며 달음질쳤다. 관군은 질세라 그들 뒤를 추격했다. 쏘아 대는 총알을 맞고 수많은 사람들이 푹푹 꼬꾸라졌다. 삽시간에 시체가 골짜기와 고개, 둔덕에 무수히 널렸다. 그들의 피가 흘러 누런 들판이 벌겋게 물들었다.

골짜기를 내달리던 마루 눈에서 피눈물이 흘렀다. 이대로 끝낼 수는 없는 일이었다. 저 하나 죽는 건 아무래도 상관없었다. 그러나 이 땅의 탐관오리를 다 족치지 못하고, 왜놈들을 물리치지 못한 건 너무도 억울했다.

깊은 계곡에서 물 흘러내리는 소리가 들렸다. 물소리만 들릴 뿐 소름 끼치도록 차가운 침묵이 흘렀다. 마루는 고개 들어 나뭇가지 사이를 뚫고 들어오는 햇살을 올려다보았다. 초겨울 햇살이 유리에 반사된 빛처럼 눈을 찌르고 들어왔다. 쨍하는 빛에 눈이 부셔 눈알이 아려왔다. 시린 눈을 비비며 주위를 둘러볼 때였다. 그 순간, 마루의 몸이 얼음처럼 굳어졌다.

"악랄한 놈, 멀리도 달려왔구나!"

뒤에서 음흉한 목소리가 들렸다. 한두 놈이 아닌 듯했다. 조심스레 다가서는 기척이 예닐곱 명은 될 법했다. 마루는 두 눈을 부릅떴다. 손아귀에 힘을 주어 총을 거머쥐었다.

"네 이놈! 당장 그 총을 내려놓지 못할까!"

마루가 천천히 고개를 돌렸다. 관군이 일곱이나 되었다. 놈들이 총부리를 겨누며 마루를 에워싸고 있었다.

마루는 깊은숨을 내쉬었다. 손아귀에서 스르르 힘이 빠져나갔다. 총을 떨어뜨린 채 하늘을 올려다보았다. 빛이, 찬란한 빛이 눈을 찌르고 들어왔다. 저 빛이 온 세상을 밝게 비추고 있을 터였다. 그 순간이었다. 허망함과 두려움이 가시더니 마음속으로 평온이 스며들었다. 그 짧은 순간, 마루는 처음 계에 들어오던 때를 떠올렸다. 연화가 세현 도령을 연모하는 걸 알고 방황하던 때였다. 계는 의지할 데 없는 그를 기꺼이 받아 준 곳이었다. 계주 최봉석이 인자하기 그지없는 얼굴로 물었다.

"하늘 아래 사람은 모두 똑같다. 그리 생각하느냐?"

"네. 그러합니다."

"그리하면 네 진정으로 사람답게 살고 싶으냐?"

"네. 그러합니다."

"허면, 그 어떠한 시련도 견딜 각오가 되어 있느냐?"

"네. 그러합니다."

마지막 대답을 할 적에 마루는 목소리가 떨려 나왔다. 시련이란 게 뭔지, 혹은 참말 시련을 견딜 수 있을지, 알지 못해서였다. 그러나 지금, 비로소 마루는 그 의미를 깨달았다. 시련이란 언제 어디서든 죽을지도 모른다는 두려움이었다. 두려움을 품고 있었다면 숱한 싸움에서 견딜 수 없었을 것이다. 그러나 사람답게 살기 위한 신념이 이제껏 두려움을 견디게 해 주었다.

마루는 저를 결박한 채 총구를 들이대고 있는 관군들을 물끄러미 쳐다보았다. 이제 곧 죽으리라. 그러니 시련도 끝날 것이다. 마루는 두 눈을 감았다. 빛이 사라졌다. 그러나 빛은 여전히 온 세상을 골고루 비추고 있을 터였다. 그렇게 생각하니 눈을 감아도 찬란한 햇빛이 보이는 듯했다. 마루는 어쩐지 마음이 뿌듯했다. 제 할 일을 다 끝낸 듯 홀가분한 기분마저 들었다.

"저놈한테 총을 쏴라!"

탕. 한 방의 총알이 마루의 머리를 뚫고 지나갔다.

"헉!"

마루가 고개를 떨구었다. 탕탕. 연이어 두 발의 총알이 마루의 가슴을 관통했다.

"헉!"

마루가 가슴을 틀어잡으며 꼬꾸라졌다. 그러나 마루는 죽지 않았다. 단 한마디, 이 한마디를 하기 위해 그는 있는 힘을 다해 버텼다.

"하늘 아래…… 사람은…… 모두 똑같다……."

탕. 마지막 총소리와 함께 마루가 풀섶으로 쓰러졌다. 풀 위로 온기가 가시지 않은 핏물이 홍건히 고여 들었다. 마루는 천천히 눈을 감았다. 조금도 두렵지 않았다. 기나긴 시련 끝에 마침내 깊은 평온이 찾아온 거였다. 굳게 다문 그의 입가로 희미한 미소가 번졌다.

진혼굿

　대웅전 처마 끝에 매어 놓은 풍경이 은은한 소리를 냈다. 적막이 흐르는 절간에서 들리는 건 오로지 쇠가 부딪치는 맑은 소리뿐이었다.
　기도하던 연화는 고개 들어 불상을 올려다보았다. 입가에 미소 띤 부처님의 얼굴이 풍경 소리마냥 온화했다. 마루가 죽은 지 보름이 지났다. 그의 영이 다녀간 뒤 연화는 내내 기도를 올렸다. 그를 위한 기도를 한시도 빼놓지 않고 올린 탓일까. 사지가 갈기갈기 찢겨 죽은 마루의 영은 말할 수 없이 편안해 보였다. 살아 있을 적에는 볼 수 없었던 해맑음이 그의 영에서 풍겨났다. 육신은 찢겨 죽었으나 영은 편안한 것이리라. 그의 영의 맑음이 그나마 연화에게는 위로가 되었다.

'나무관세음보살······.'

연화는 부처님께 저를 온전히 맡긴 채 두 팔을 방바닥으로 내뻗었다. 살아가는 일이 지옥과도 같았다. 죽는 것만 못한 삶을 붙들고 있는 이유는 단 한 가지뿐이었다. 어머니를 홀로 두고 차마 목숨을 끊을 수가 없는 탓이었다. 은초롱을 구하기 위해 뛰어든 불길에 어머니는 두 눈을 잃었다. 또한 말을 잃은 듯 여태 한마디도 하질 않았다. 마음을 깊이 앓고 있는 거였다. 그 곱던 얼굴도 흉측하게 일그러져 마치 딴사람 같았다. 그러나 보지 못한다고 당신의 모습을 알지 못할까. 평생 사용하던 수속이 사라진 것마냥 아뜩할 터였다. 어머니는 죽는 날까지 당신의 모습을 서러워하며 살아갈 것이다.

어머니가 툇마루 끝에 나앉아 겨울 햇살을 쬐고 있었다. 그사이 어머니는 백 년이나 더 산 듯 노쇠해 있었다.

"어머니, 안성엘 다녀올까 해요."

연화가 곁에 다가앉으며 말했다. 어머니는 가만히 소리 나는 쪽으로 고개를 돌렸다. 표정이 없던 얼굴이 어두워졌다. 어머니는 무당 딸과 무당 어머니를 곁에 두고 살아온 사람이었다. 이제 그 사람의 목소리 높낮이만으로도 마음을 가늠할 수가 있었다.

"어머니, 마루가 죽었답니다."

연화는 내도록 묻어 두었던 이야기를 꺼냈다. 다시금 어머니의 얼굴이 굳어졌다. 하지만 이내 천천히 고개를 끄덕인다. 마치 그의 죽음을 이미 알고 있다는 듯 평정을 잃지 않았다.

"편안해 보였어요. 아마도 좋은 곳으로 갔는가 봐요."

연화의 목소리가 갈라져 나왔다. 울음을 삼키려니 목울대가 바르르 떨렸다.

"곧 다녀올게요. 마루의 얼굴만 보고 올 테니 오래 걸리지 않을 거예요."

일어서는 연화를 어머니가 고개 들고 바라보았다. 기척을 따라 고개를 돌리는 모습이 한없이 쓸쓸했다. 연화가 노스님한테 합장하고 나서 절을 나섰다. 연화의 모습이 사라질 때까지 어머니는 한 방향을 뚫어지게 바라보고 있었다. 눈물이 솟구쳤다. 눈가를 적시던 눈물이 뺨으로 하염없이 흘러내렸다. 어머니는 소리를 죽이며 그렇게 오래도록 울었다.

안성에 당도한 연화는 발걸음을 재촉해 장터로 걸어갔다. 잿빛 고깔을 쓰고 승복 입은 연화를 알아보는 이는 하나도 없었다. 연화는 그저 떠도는 비구니일 뿐이었다.

한낮, 안성장터에는 오가는 사람들이 뜸했다. 고을 전체가 큰 폭풍에 휩쓸린 듯 폐허와 같이 을씨년스러웠다. 봉기로 고을 사람 중 반이 죽어 나갔다 했다. 처참하게 죽은 그네들의 혼이 온 고을을 헤집고 다니는 듯했다. 몇 발짝 걸어가던 연화는 걸음을 멈췄다. 곧 얼굴이 파랗게 질려 버렸다. 나무관세음보살……. 연화는 두 눈을 질끈 감았다. 금방이라도 쓰러질 것처럼 몸을 휘청했다. 조금 떨어진 곳에 창을 치켜든 병졸들이 서 있었다. 그리고 그들 가운데로 마루의 모습이 보였다. 차마 눈 뜨고 볼 수가 없는 광경이었다. 마루의 얼굴이 장대에 걸린 채 허공에 떠 있었다. 눈에서는 진물이 흘러내렸고 머리카락은 풀어헤쳐진 채였다. 대역 죄인, 이라 써 놓은 깃발이 그의 목 아래 장대에 걸려 바람에 나부꼈다.

아낙 둘이 연화 곁을 스치고 지나갔다. 장대에 걸린 마루의 얼굴을 힐긋 보더니 곧 고개를 돌려 버린다. 그네들은 걸어가며 혀를 끌끌 찼다. 잔뜩 겁을 먹은 듯 몸을 움츠리고 발걸음을 재촉했다.

겨울바람이 거세게 불었다. 뒤엉킨 마루의 머리카락이 바람에 흩날렸다. 나무관세음보살……. 연화는 끊임없이 염불을 외웠다. 그러나 몸이 부들부들 떨려 서 있기가 힘이 들었다. 가느다란 나무줄기에 의지한 채 뒤돌아섰다. 그러나 마루를 두고 차마 발이 떨어지지 않았다. 너무나 분하고 원통했다. 너무도 가련하고 안쓰러웠다.

"연모였어. 마루야, 너를 향한 그 마음이 바로 연모였다고!"

그를 향한 오랜 연민이 사랑이었음을 연화는 비로소 깨달았다. 연모하는 마음이 없었다면, 그를 가여워하지도 않았을 거였다. 연화는 가슴이 찢어졌다. 끝까지 그의 마음을 받아들이지 못한 자신이 한없이 미련스러웠다.

장터를 벗어난 연화는 대나무골로 향했다. 걸어가는 내내 머릿속에서 원귀들의 울음소리가 울려 퍼졌다. 웅얼대는 원망의 목소리가 가슴속을 가득 메웠다.

산 아래 집은 터만 동그마니 남아 있을 뿐이었다. 남아 있는 건 아무것도 없었다. 큰방과 작은방, 신방, 그리고 마루가 기거하던 건넌방도 모두 불에 타 사라졌다. 촛대도 향 그릇도 불상도 녹아내려 오로지 검은 재로 남아 있었다.

휘릭. 거센 바람이 불었다. 바람이 재를 쓸어안고 마당에서 한바탕 회오리쳤다. 연화는 휘몰아치는 검은 바람을 그대로 맞고 서 있었다. 허공을 응시하는 눈동자가 벼린 칼날처럼 시퍼렇게 빛났다. 당당당당, 어디선가 장구 소리가 들려왔다. 잰잰잰잰, 또 어디선가 제금 소리가 들려왔다. 곧이어 삼현육각이 울리는 소리가 귓가를 맴돌았다. 연화는 숨이 가빠졌다. 낯빛이 창백해지면서 식은땀이 줄줄 흘러내렸다. 신기 든 연화는 두 발을 모으고 두 팔을 위아래로 천천히 저었다. 그러다가는 곧 제자리에서 쿵쿵 뛰면서 두 팔을 정신없이 저어 댔다. 저절로 입에서 노랫소리가 흘러나왔다. 재비도 판수도 없는 빈터에서 굿하는 연화의 목소리가 날카롭게 울려 퍼졌다.

태산에 계신 백마신령님
나라에 충신이신 임장군님
덕물산 최영장군님
한라산 여장군님
수만 명 원귀들이 구천을 떠돌며 울고 있나이다.
살아생전 의롭게 싸우다 죽은 목숨이나이다.
탐관오리가 횡행하는 걸 분히 여긴 자
외국 오랑캐가 설치는 걸 통분한 자
탐욕스런 부호와 부징한 관리의 학대를 받아도 호소할 수 없는 자
죄를 짓고 도망 다닌 자
살 곳 없어 여기저기 떠돌던 자
농사를 지어도 남는 곡식이 없는 자
장사를 해도 남는 이익이 없는 자
빚을 지고 모진 독촉을 견디지 못한 자
무지몽매해도 잘살아 보겠다고 나선 자
상놈이나 천민으로 태어났으나 제대로 살아 보겠다고 나선 자
모두 봉기에 나서 떼죽음을 당했나이다.
헌데, 그네들의 죽음이 너무도 참혹하여 원귀가 되었나이다.
사지를 갈기갈기 찢겨 죽은 자

창으로 배를 찔려 죽은 자
머리가 터져 죽은 자
손발 묶여 산 채로 구덩이에 묻혀 죽은 자
손발 묶여 연못이나 강가에 쓸려가 죽은 자
한 번 죽기도 원통한데 두 번 세 번 죽은 그네들,
참으로 가엾기 그지없나이다.
비나이다 비나이다.
이승서 맺힌 원한 훌훌 털고 저승길 편히 가게 해 주소서.
이승서 못 이룬 뜻 다음 생에서는 꼭 이루게 해 주소서.
비나이다 비나이다.
떠도는 그네들 부디 극락왕생하게 해 주소서.

당당당당, 장구 소리가 신명나게 울려 퍼졌다. 잰잰잰잰, 제금 소리가 신명나게 울려 퍼졌다. 연화는 가쁘게 숨을 몰아쉬었다. 굵은 땀방울이 온몸과 머리카락을 적셨다. 그러나 절규하듯 놀리는 춤사위는 거칠 것이 없었다. 재비도 판수도 없는 굿판에서 노랫소리가 울려 퍼졌다. 허공으로 번져 나가는 그 소리는 가슴을 찢을 듯 처절했다.

물의 아이, 연화

봄 햇살이 눈부시게 내리쬐고 있었다. 어머니가 심어 놓은 봄꽃들이 햇살 아래서 함박 피어났다. 연화는 신방 문을 활짝 열고 마당의 경치를 내다보았다. 눈 먼 어머니가 평상에 나앉아 봄나물을 다듬고 있었다. 손끝의 감각만으로 하는 일이었다. 그런데도 벌레 먹은 이파리나 말라비틀어진 이파리를 잘도 솎아 낸다. 연화는 그런 어머니의 모습이 신기하기만 했다. 그러나 곧 가슴이 아려 와 눈앞이 흐릿해졌다. 지난 봉기의 잔영이 마음에 남아 좀처럼 사라지지 않은 탓이었다. 사라진 자들을 기억하는 것은 언제나 남은 자들의 몫이었다. 마루와 은초롱이 죽고 난 뒤 연화는 이따금 가슴을 앓는 병을 얻었다. 하물며 어머니의 가슴이야 말할 것도 없을 거였다.

봉선이가 어머니 곁으로 다가앉아 봄나물 다듬는 일을 거들었다. 열세 살 먹은 봉선이는 앞 못 보는 어머니를 대신해 집안 살림을 꾸렸다. 손끝이 맵고 야물어서 어머니를 편하게 하는 아이였다.

연화는 신방 문을 닫고 가만히 무신도를 올려다보았다. 환쟁이가 새로 그린 그림 속의 여신은 한결 화사해진 듯했다. 젊은 시절 할머니를 보는 듯해 연화는 그림에 더욱 애착이 갔다.

눈을 감고 기도를 올리는데 왕비의 모습이 떠올랐다. 왕비가 죽었다는 소문이 온 고을로 퍼져 나갔다. 침전에서 일본 낭인의 칼에 난도질당했다 했다. 한성에서 왕비를 만나고 온 지 채 열흘도 되지 않은 터였다. 계주 최봉석이 한성으로 끌려가 참수된 지 육 개월이 지난 뒤였다. 그 많은 무당들을 다 제쳐 두고 왕비는 연화를 불렀다. 하지만 연화는 안 가고 싶었다. 왕비는 제 백성을 품지 못한 국모였다. 아니, 왜군을 시켜 제 백성들을 죽이라 명한 사람이었다. 하지만 실오라기 같은 인연의 끈이 연화를 한성으로 몰아쳤다. 명을 거역하면 쳐 죽일까, 연화는 두려워 속히 한성으로 올라갔다.

두 해 만에 본 왕비는 병색이 완연했다. 불안증세가 심해져 바라보는 눈길이 자주 흔들렸다. 또한 대인을 기피하는 증세가 심해 사람을 만나지도 않았다. 왕비가 만나는 이들은 일가친척과 상궁,

그리고 무당뿐이었다. 살해될까 두려워 침전까지 옮긴 마당이었다. 하지만 한낱 잠자리를 옮긴들 놈들의 손에서 벗어날까.

"내 곧 죽을 것 같으냐?"

연화가 큰절을 올리고 자리에 앉자마자 왕비는 그렇게 물었다. 핏발이 선 눈동자가 쉴 새 없이 흔들렸다. 왕비는 삶의 끈을 놓지 않으려 안간힘을 쓰고 있었다. 하지만 곧 죽을 운명임이 얼굴 가득 드리워져 있었다.

"중전 마마, 소녀 죽여 주시옵소서······."

연화는 납작 엎드린 채 통곡했다. 곧 죽을 사람한테 차마 거짓을 고할 수가 없었다. 쳐 죽임을 당할지라도 진실을 알려 마음의 준비를 하길 바랐다. 왕비는 보료에 올려놓은 손을 주먹 쥐었다. 꽉 쥔 주먹을 부들부들 떨었다.

"고얀 것······."

왕비의 얼굴이 분노로 발갛게 달아올랐다. 왕비는 어금니를 깨물었다. 이내 보료를 쾅 내리치며 외쳤다.

"당장 물러가라! 내 다시는 너를 아니 부를 터이다! 하니 내 눈에 띄는 날엔 목숨이 위태로울 줄 알아라!"

연화는 엎드린 채 소리 죽여 울었다. 상궁 둘이 연화의 겨드랑이께를 들어올리며 끌어냈다. 끌려 나오는 중에 연화는 왕비의 얼굴을 바라보았다. 고개를 돌려 앉은 왕비의 어깨가 가느다랗게 떨렸다. 부릅뜬 두 눈에 서서히 눈물이 고였다.

"어머니, 장에 좀 다녀와야겠어요."

연화가 밖을 향해 외쳤다. 마음이 스산해 견딜 수가 없었다. 봄기운이 퍼져 있는 거리를 걷다 보면, 왕비의 모습도 마음에 짊어진 짐도 한결 가벼워질 듯했다.

장터에는 사람들이 북적대고 있었다. 오일장의 마지막 날이니 사람들이 서둘러 발길을 재촉한 것이었다. 연화는 북적대는 사람들 틈을 천천히 걸었다. 울긋불긋 천들이 쌓여 있는 가게를 지나는데 은초롱이 떠올랐다. 그 어여쁜 아이한테 비단 치마 한번 못 입혀 본 게 못내 사무쳤다. 눈물이 날까, 연화는 하릴없이 발길을 서둘렀다.

장터를 한참 걸어가는데 예닐곱 살쯤 보이는 남자아이가 다가왔다. 남자아이는 거렁뱅이였다. 큰 눈망울을 굴리며 연화한테 돈을 구걸했다. 연화의 눈동자가 크게 벌어졌다. 한 고을 사는 아이였던가. 어쩐지 아이가 눈에 익었다.

"네 이름이 무어니?"

은전을 한 닢 내밀며 연화가 물었다. 남자아이는 좋아 입이 헤벌어졌다.

"장돌이에요."

"장돌이? 허면 네가 새미골에 사는 그 장돌이니?"

"네, 새미골에 사는 양장돌이에요."

"이 애, 나를 기억하겠니?"

연화는 아이의 손을 덥석 잡았다. 장돌이는 말없이 고개를 끄덕였다. 얼굴이며 목둘레로 땟국물이 줄줄 흘렀다.

"한데 어머니는 어디 가고 네가 이런 데 나와 구걸하고 있니?"

연화의 물음에 아이가 고개를 떨구었다. 땅바닥으로 굵은 눈물 방울이 뚝뚝 떨어졌다. 연화는 가슴이 철렁 내려앉았다. 조금 뒤에 아이가 꺼질 듯 겨우 소리 내어 말했다.

"어머니는 죽었어요. 지난번 봉기에 나갔다가 칼에 맞아 죽었어요."

순간, 연화의 머릿속으로 장돌 어멈의 모습이 스치고 지나갔다. 강퍅하기 짝이 없는 아낙이었다. 이를 악물며 제 명을 재촉한 것이었다. 지아비의 한을 풀어 주려 기어코 죽음의 길을 택한 것이었다. 장돌이가 울음을 터뜨렸다. 두 해가 지났는데도 어린 가슴을 찢어 놓은 상처가 아물어 들지 않은 거였다.

"동생은 어디 두고 혼자 있니?"

연화가 묻자, 장돌이가 훌쩍이며 손으로 한 곳을 가리켰다. 양지바른 빈터에서 여자아이 하나가 아장아장 거닐며 놀고 있었다. 세 살쯤 먹은 아이였다. 아이는 땅바닥에 철퍼덕 주저앉더니 흙을 집어 먹었다.

"꽃님아, 흙 먹으면 안 돼!"

장돌이가 쏜살같이 꽃님이한테로 달려갔다. 연화는 넋을 놓고 두 아이가 하는 양을 바라보았다. 장돌이는 꽃님이 손에 묻은 흙을 털어 주었다. 그래도 꽃님이는 자꾸만 흙을 쥐고 제 입가로 가져간다. 장돌이가 못하게 하니 기어코 앙, 울음을 터뜨렸다. 누이가 두 다리를 뻗대며 소리쳐 울자 장돌이도 따라 울었다. 아이는 어미가 생각난 거였다. 느닷없이 묻는 제 어미 소식에 어린아이가 마음이 아팠던 거였다.

"꽃님아, 이리 온."

연화는 다가가 우는 아이를 들어 안았다. 아이는 못 먹어 몸이 너무 가벼웠다. 아이가 울음을 뚝 그치고 연화의 품에 안겼다. 기억에도 가물가물할 제 어미 품이 그리운 탓이었다. 연화는 처음 장돌 어멈을 마주할 때의 모습이 떠올랐다. 전생에 친자매였는지 아니면 다정한 동무였는지, 절로 마음이 가는 아낙이었다. 한번 스치고 말, 그런 인연이 아닌 듯싶었다. 어쩌면 이 아이들 때문이었을까. 그네의 모습에 제 아이들을 품어 달라는 간절한 기원의 뜻이 담겨 있었을까. 연화는 아이들을 지그시 바라보았다.

"장돌아, 우리 집에 가 살련?"

연화의 물음에 장돌이는 두 눈만 끔벅거렸다. 황소처럼 눈망울이 큰 아이였다. 불현듯 연화의 눈시울이 붉어졌다. 어쩐지 마루를 보는 듯해서였다. 오래전 어린 마루처럼 아이의 눈 속에도 슬픔과 분노가 가득 차 있었다.

"무당 집이라 싫어 그러니?"

"아니어요."

"허면 왜 망설이니?"

"꽃님이가 곧잘 떼를 써서 혼이 날까 그래요."

장돌이의 물음에 연화는 헛웃음이 나왔다. 제 동생을 생각하는 마음이 갸륵한 아이였다. 하지만 너무 일찍 어른스러워진 아이가 안쓰럽기 짝이 없었다.

"떼를 써도 혼내 주지 않을 테니 걱정 말아. 자, 어서 가자꾸나."

연화는 품 안에서 고이 잠든 꽃님이를 안고 걸어갔다. 뒤에서 장돌이가 종종걸음치며 연화를 따라갔다.

한참을 걸어가자 산 아래로 새로 지은 집이 보였다. 고을 사람들이 힘을 모아 지은 집이었다. 저희들의 마음을 보듬고 치료해 줄 무당의 집이었다. 때문에 초가지붕을 올리고 문짝을 달고 마당을 다듬을 적에 그들은 온 정성을 다했다. 인심을 잃지 않은 덕이었다. 모두 생명을 귀히 여기라던 할머니의 은덕이었다.

'꽃달래야, 이제부터 네 이름은 꽃달래가 아니라 연화란다. 하니 꽃처럼 아름다운 영을 지닌 무당이 되어라. 모든 생명을 잉태

하는 물과 같이 생명의 귀함을 아는 무당이 되어라.'

할머니의 목소리가 귓가에서 쟁쟁 울렸다. 그럴 수 있으면 좋으련만……. 저에게 기대는 모든 이들의 마음을 보듬을 수 있으면 참 좋으련만……. 연화는 새삼 제가 하는 일에 마음이 무거웠다.

집이 가까워지자 장돌이는 긴장한 듯 얼굴이 굳었다. 연화가 한 손을 뻗어 장돌이의 손을 잡아 주었다. 아이는 몸을 움츠리더니 볼이 발그스레해졌다. 연화는 아이를 내려다보며 미소를 지었다. 가슴으로 뜨거운 기운이 스며들었다. 마루를 닮은 아이였다. 몸으로 생명의 소중함을 깨우친 아이였다. 그 아이를 데리고 집으로 들어간다. 무겁게 짓눌렸던 가슴에 별과 같이 영롱한 빛이 피어올랐다. 아이는 희망이었다. 삶을 이어 나가야 할 또 다른 이유였다.

| 작가의 말

　글 한 편을 쓰고 나면, 홀가분한 것도 잠시 나는 오래도록 침묵에 잠긴다. 깊은 시간 공들여 쓴 내 글이 어쩐지 낯설게 느껴진 탓이었다. 정말로 그랬다. 작품이란 게 우주 아주 먼 별에서 떨어진 외계의 생물마냥 그저 신비스러울 뿐이다.
　그런 내게 가끔 사람들이 묻는다. 도대체 왜 이런 이야기를 썼느냐고. 글쎄 왜 썼을까……. 그때마다 나는 어떻게 말해야 할지 몰라 쩔쩔매기 일쑤였다. 마치 누가 대신 써 주기라도 한 것처럼 아무런 생각이 나지 않아서였다. 내가 한참 머뭇거리고 있으면 그 사람 또한 당황해서 어쩔 줄 몰라했다. 아니, 글쓴이가 이래도 되는 거야! 아마 따가운 시선으로 내 뒤통수를 찌르고 있을지도 몰랐다.

　슬그머니 그 사람의 눈을 피해 집으로 돌아올 때면 나는 늘 후회한다. 수십 번씩이나 읽고 또 읽었으면서 어떻게 한마디도 못해! 어눌한 나 자신을 돌아보면 정말이지 한심하기 짝이 없었다.

　그러나 고민은 그때부터 시작된다. 나는 며칠 동안이나 작품에 대해 생각하고 또 생각한다. 그리고 나서 내린 결론은, 나는 다만 내가 하고 싶은 이야기를 썼다는 거였다. 하고 싶은 이야기를 쓴다는 건 세상 그 어떤 것보다도 즐거운 일이니까. 때문에 캐릭터들이 내 뜻대로 움직여 줄 때, 혹은 그러지 못해 고통스러울 때조차도 글쓰기는 내게 즐거운 작업이 되었다.

　그리고 이 책 또한 내게 그런 즐거움을 만끽하게 해 준 작품이다. 왜곡되고 빛바랜 우리 무속 이야기를 곱게 포장하거나, 구한말 농민전쟁 이야기를 통해 교훈을 전해 줄 의도 같은 건 애당초 없었다. 나는 다만, 글 속으로 들어가 그들과 함께 숨쉬며 아파하고 행복해하며 씩씩하게 지낼 따름이었다. 경험하지 못한 세계의 사람들과 소통한다는 건 정말 커다란 기쁨이자 행운이었다. 또한 누추하기만 한 작가의 길을 끊임없이 걸어가게 만든 가장 분명한 이유이기도 했다.

　하나 둘 작품을 쓰면서 내가 조금씩 자라는 것을 느낀다. 고백하자면, 이 나이에 이제 겨우 사람을 이해하게 되었다고 할까. 어쩌면 내 마음이 지금보다 훨씬 더 자라면, 좀 더 멋진 글을 내놓을지도 모르겠다. 혹 그러지 못할지라도 나는 끊임없이 글을 쓸 것이다. 오감을 활짝 열어 놓은 채 기꺼이 행복한 마음으로.

책을 낼 때마다 한없이 감격스러워 꼭 인사를 드리고 싶은 분들이 있다.

작가의 길을 즐겁게 걸어가게 해 준 정해왕 선생님, 작가란 어떤 것이라는 생각을 심어 준 최윤정 선생님, 편집자 여은영 씨, 같이 글을 쓰는 어작교 동기들, 내 작품의 첫 독자이자 비평가인 김정과 김현승에게 사랑과 인사를 전한다. 그리고 내가 숱하게 읽은 책과 그 책을 쓰신 분들에게 무한한 감사를 드린다.